Überleben im Chaos
wenn die Börse crasht

von Johannes Allgäuer

spiritueller Survival Roman

Impressum:

Herstellung und Verlag: BoD - Books on Demand, Norderstedt
ISBN: 9783734761171

1.Auflage 2015

Inhaltsverzeichnis:

1. Die Vision:

Der Winter war glücklicherweise nicht zu stark gewesen.
Das Frühjahr kündigte sich langsam an.

Wulf schaute auf seine Taschenuhr. Sie zeigte kurz nach 12 Uhr an.

Wo blieb sein Kumpel Peter nur?

Er verstand die Verspätung nur allzu gut, denn es war stellenweise mit Staus zu rechnen und Peter war eher ein defensiver Fahrer. Er liebte sein Auto „Justus", wie er es liebevoll nannte, doch so sehr, dass er es durch leichtsinnige Raserei und riskante Überholmanöver nicht leichtfertig aufs Spiel setzen wollte.

Seine vertraute innere Stimme sagte Wulf plötzlich, dass Gefahr im Anzug ist.
Wulf hatte gelernt, durch schmerzhafte Erfahrungen, besser auf seine Eingebungen zu hören.

Er ging ins Haus und rief seine Frau Vicky zu sich.

„Schatzi, Peter ist noch nicht da und ich hab so'n komisches Gefühl in der Magengegend. Irgendwas stimmt nicht. Hast du schon heute den Affenkasten angemacht und Nachrichten gesehen?"

Vicky schmunzelte, als sie die Wulf'sche Bezeichnung für den Fernseher hörte. Er hatte im Laufe der Jahre eine eigene, teils witzige, teils nervige eigene Sprache entwickelt und alle seine Freunde und Bekannten damit schon konfrontiert wurden…

„Ja, in den Nachrichten am Mittag kam nur, dass die Börse mal wieder spinnt, sonst nichts Weltbewegendes."

Ein Ruck durchlief Wulf gefolgt von einem Schauer.

„Das ist es!" rief er laut.

„Das hab ich heute Nacht geträumt. Jetzt fällt es mir wieder ein. Ich sah die Börse in Japan, USA und Deutschland zusammenbrechen und als Dominoeffekt alle anderen hinterher. Was der Auslöser war, weiß ich nicht mehr, aber für den anschließenden Börsencrash kam jede Hilfe zu spät! Dieser Traum war so was von heftig! Alles ging drunter und drüber! Leider kann ich mich an alle Einzelheiten nicht mehr erinnern. Aber du weißt ja, wie das mit Träumen so ist. Aber, da alles so plastisch und real war, denke ich, es kommt bestimmt bald.
Wieviel Knete hast du noch im Geldbeutel, Süße?" fragte er dann.

Vicky lächelte und griff in ihre Hosentasche. Sie hatte sich vor einiger Zeit angewöhnt, ihren Geldbeutel immer bei sich zu führen.

„Da ich gestern beim Geldautomaten war, hab ich noch 300 Euro und etwas Kleingeld drin," lächelte sie ihren Mann an.
„Alles paletti. Wir warten noch bis Peter kommt und dann geht's los. Du weißt schon, Einkaufemann und Söhne."
Vicky schüttelte lächelnd ihren schönen Kopf. Er mit seiner blumigen Sprache…Na ja…

Draußen hupte es. Peter war angekommen.

Sie gingen nach draußen und auf den silbernen Ford zu.

Peter stieg aus und umarmte beide recht herzlich.

„Hi Hoschi, wir müssen gleich los," sagte Wulf.

Peter schaute etwas irritiert.

„Wie, sofort los. Was ist denn passiert?" fragte er überrascht.

„Vicky grinste ihn breit an. Wulf hatte heute Nacht einen Traum vom Börsencrash und jetzt so´ne komische Vorahnung. Wir sollten uns mit Lebensmitteln und dergleichen a bisserl eindecken. Hast du heute schon Nachrichten gehört?"

Peter nickte.

„Ja hab ich, aber die fangen sich schon wieder. Du weißt doch, ich als alter Skeptiker. Die fangen sich schon wieder.

Peter las in jeder freien Minute im Internet oder in ausgewählter Fachliteratur über alles, was mit Verschwörungstheorien, Ufos, Wirtschafts- zusammenhänge und dergleichen zu tun hatte. Doch jedes Mal, wenn er glaubte, dass es so weit war, geschah nichts Besonderes und der Crash blieb aus. Begonnen hatte bei ihm alles, nachdem „911" passiert war, da war er in seinem Element und eine Spürnase wie seinerzeit der berühmte englische Detektiv aus der Bakerstreet, der ihm immer als Vorbild diente.

Logischerweise war sein weiteres Steckenpferd alles das, was sich mit Survival beschäftigte.

Seine umfangreiche Survivalliste hatte er zusammengefaltet immer am Mann.

„Pete, wie viel Kohle hast du dabei?" Wulf schaute ihm dabei in die Augen, wie einer Oma, der man ein Extrataschengeld entlocken möchte.

Peter grinste über beide Backen.

„Schau mal."

Er hatte seine EC Card aus dem Geldbeutel geholt.

„Reicht das, Alter?"

„Schaun mer mal, „ antwortete Wulf, „wie lange die noch Gültigkeit hat."

Peter nickte zustimmend.

„Aber mit dem Bargeld ist es auch nicht viel anders, wenn die Leute nichts mehr von ihren Banken bekommen."
„Hast du Lust, dein Konto leer zu räumen?"
Wulf grinste jetzt, wie ein listiger Tiger.

Peter nickte, weil er Wulf´s Eingebungen nur allzu gut kannte und vertraute.

„Wir fahren aber mit zwei Autos, könnte sonst eng werden," schmunzelte Vicky.

Einige Minuten später standen sie vor der Bank, bei denen beide ihr Konto hatten. Sie hatten sich vor Jahren mal im Internet erkundigt, welche Bank die besten „onlinebanking Konditionen" boten und trotzdem erreichbare Geldautomaten anboten und da wechselten sie beide zu dieser Bank.

Wulf ging zum Automat und Peter an den Schalter.
Draußen trafen sie sich wieder.

„Stell dir vor Wulf," meinte Peter und lächelte dabei süffisant.
„Die haben heute schon von mehreren Kunden gehört, dass es eventuell eng werden könnte und einige haben größere Geldmengen abgehoben. Aber interessanter-weise, sagte mir die eine Angestellte, mit der ich schon mal hin und wieder rede, dass die Leute das Geld für ihre monatlichen Zahlungen, die abgebucht werden, drauf lassen. Ist doch voll Blödsinn, finde ich, denn wenn's kein Geld mehr gibt, laufen diese Überweisungen auch nicht mehr…"

Wulf nickte nur bestätigend.
„Ich hab die 1000 Euro, die noch auf dem Konto waren, komplett abgeräumt. Jetzt sind irgendwie noch 13 Euro oder so drauf. Witzig, nicht wahr? Ausgerechnet diese Zahl."
Peter schluckte dreimal, als er auf seinen neuen Kontoauszug sah.

„23,23 Euro sind bei mir drauf. Was das wohl für ein Omen ist. Ihr wisst ja die Bedeutung der Zahl 23, oder?"

Die beiden nickten zustimmend.

„Lasst uns shoppen gehen, Jungs."

Vicky hatte sich schon auf den Beifahrersitz des alten T4 Bullys gesetzt. Sie war sehr glücklich, dass sie ihren treuen alten VW Bus „Jonathan" noch hatten. Dadurch, dass er umklappbare Sitze hatte, die als Liegefläche oder auch als Stauraum genutzt werden konnte, sind sie oft schon in schwierigen Situationen gut davon gekommen. Hotels waren Luxus – die brauchten sie nicht. Ein Campingkocher und 20 Liter Wasser waren immer an Bord und in den Schrankfächern immer Ersatzklamotten und ein paar fleischfreie Konserven gebunkert. Man konnte ja nie wissen. Ja so ein Multivan war richtig praktisch!

In der Stadt war alles wie immer. Die vier großen Discounter Einkaufsmärkte waren praktischerweise nicht weit voneinander entfernt.

Der erste Parkplatz war glücklicherweise nur etwa zu einem Viertel gefüllt.

„Jeder schnappt sich einen Einkaufswagen und marschiert mir nach, ich hab zum Glück drei Einkaufswagenchips immer dabei. Da ich schon öfter solche Dinger verloren habe, steck ich immer mehr davon ein. Jeder hat halt so seine Marotten..." sagte Vicky lächelnd.

„Auf das Gesicht der Kassiererin freue ich mich jetzt schon, wenn sie fragt, warum wir so viel einkaufen."

„Und was antwortest du ihr dann, Peter?" meinte Vicky.

„Hehe," grinste Peter übers ganze Gesicht.

„Lasst euch überraschen."

Peter wusste nur zu gut, was er dann antworten würde. Es kam dann sein Standardsatz zu der Frau an der Kasse zum Tragen. Er habe eine große Familie zu versorgen und auch seine Schutzengel sind sehr hungrig und die Mäuse im Stall nicht zu vergessen. Die meisten Frauen schauten ihn dann entgeistert an, als käme er vom Mond. Darauf antwortete er meistens, dass er auch ein Herz für andere Lebewesen hätte. Dann war das Thema meistens gegessen, wie man so schön sagt.

Vicky hatte ihren Notfall Einkaufszettel immer in ihrem Geldbeutel und holte ihn jetzt hervor.

„Fangen wir also an: Klopapier, Küchenrollen, jede Menge günstige Dosen vegetarischen Linsen-, Erbsen- und Bohneneintopf, haltbare Bio-Zitronen, Mehl, Körner, am besten Dinkel, Zucker, ihr wisst ja, ist super zum Tauschen, abgepackte Spaghetti Packungen, Tomatensoße, Fertignudeln mit Tomatensoße, aber darauf achten, dass nichts drin ist, was schädlich ist wie: Mononatriumglutamat, alle Arten von Süßungsmitteln, bei E-Stoffen erst mit unserer E-Liste vergleichen, die wir auch immer im Hosensack haben, nichts modifiziertes, also genmanipuliertes usw., dann Reis, Kartoffeln, viele Tafeln Schokolade zum Tauschen, Kaffee, ausnahmsweise H-Milch, weil sie länger hält, ist aber nur zum Tauschen Tee in Beuteln, Soja Getränke, Knäckebrot, Dosenbrot, Brotbackmischungen zum Selberbacken, Fisch in Dosen zum Tauschen, Teelichter und Kerzen, wenn es kein Strom mehr gibt, Salz, aber bitte ohne Jod und Fluor, dies giftige Zeug, pfui Deivi, dann natürlich Honig, Marmelade, Zwieback, Haferflocken, Essig, Weizengrieß, Puddingpulver, Obstkonserven, Trockenhefe, Maisgrieß, drauf achten, dass es genfrei ist, Nüsse aller Art, Kakaopulver, Hefewürfel, Bierhefe, Essig, Öl, jede Menge Senf für Wulf, Vitamintabletten, hier auch wieder schauen, dass sie frei von Zusätzen sind, Dosenfleisch zum Tauschen, und jede Menge von dem Wasser in den 1,5 Liter Plastikflaschen, ebenfalls zum Tauschen. Die sind zwar auch nicht das Gelbe vom Ei, aber wir haben ja viele leere Kanister, die lebensmittelecht sind, die werden dann noch an unserer Lieblingsquelle aufgefüllt. Vielleicht fällt uns noch das eine oder andere ein, während wir die Läden durchkämmen.“

Nach etwa 60 Minuten waren die drei Einkaufswagen randvoll gefüllt. Die Verkäuferin staunte nicht schlecht, als Wulf ihr sagte, dass die ersten beiden Wagen zusammen bezahlt werden.
Peter wartete auf seine Chance, einen Spruch loszulassen, aber diese Verkäuferin verzog beim seinem Einkauf keine Miene, so dass er still blieb und bezahlte.

Doch dann fiel ihm etwas Wichtiges ein.

„Sagen sie, Fräulein, sie nehmen doch noch EC Karten?“
„Selbstverständlich, junger Mann,“ antwortete sie prompt.

„Möchten sie doch lieber mit Karte zahlen?"

„Nein, nein war nur eine Frage. Schönen Tag noch. Tschüß!"

„Servus," sagte sie und bediente schon den nächsten Kunden.

Das hätte ich dir auch sagen können, Hoschi," meinte Wulf, während sie die Einkaufswagen zum Auto schoben.

„Solange der Crash noch nicht da ist, gehen auch die EC Karten noch. Bin gespannt, wann er kommt."

„Sach mal, Alter, freust du dich etwa darauf?"

Peter war ganz irritiert.

„Nee, freuen nicht, aber wie gesagt, ich bin gespannt, wenn er denn kommt, ob dann die Prophezeiungen eintreffen oder wie es die geistige Welt lenkt. Du weißt doch, wer dem lieben Gott vertraut, der hat auch Hilfe durch die Engel."

Vicky fing an den Bully vollzuladen.

„Ob da vier Einkaufswagen voll hineingehen?" meinte sie.

„Notfalls auch vierzig, Süße."

Wulf grinste amüsiert.

„Dein Wort in Gottes Gehörgang."

Vicky hatte so eine Art, ihm liebevoll immer Kontra zu geben und trotzdem immer durchblicken zu lassen, wie sehr sie ihn liebte. Als Allgäuer Mädel war sie wahrlich nicht auf den Mund gefallen und wusste immer genau, wann sie etwas Produktives sagen konnte und wann nicht.

Zwei Stunden später war der VW Bus schon recht gut gefüllt und der Ford Kombi von Peter platzte schier aus allen Nähten.

„Meinst du, alles geht gut?" fragte Peter jetzt.

„Klar! Ich hab Gottvertrauen und bitte die Engel uns zu beschützen."

Damit war die Sache für Wulf erledigt.

Peter zuckte zusammen. Sein Handy klingelte.
Er griff in die Tasche und holte es hervor.

„Es ist eine SMS von Kräuter-Else. Du weißt schon, die grauhaarige weise Frau, die in den Bergen wohnt."

Vicky mischte sich ein.

„Was schreibt sie denn?"

Vicky war ebenso mit Kräuter-Else befreundet wie die beiden Männer auch. Wulf hatte den stärksten Kontakt, da er oft wertvolle Tipps von ihr bekam.

Kräuter-Else, die eigentlich Ellen Senta Kowalski heißt, bekam diesen Kosenamen vor vielen Jahren, da sie es vorzog, in die Einsamkeit der Allgäuer Alpen zu ziehen. Aus Ellen Senta wurde die Abkürzung „Else". Dass sie ein Handy hat, verdankt sie dem Umstand, dass Freunde von ihr, unten in Sonthofen wohnen und sie mit allem wichtigen versorgen, inklusive regelmäßig aufgeladenen Akkus fürs Handy, welches sie nur in Notfällen benutzt. Und jetzt schien solch ein Notfall zu sein.

In der SMS stand nur: Bitte Rückruf. Wichtig!

Peter wählte bereits Elses Nummer, als Wulf plötzlich „STOP!" rief.

„Warte noch, ich bekomme eine Eingebung!"

Peter kannte seinen Freund nur zu gut und wartete augenblicklich.

Wulf schloss die Augen, packte sich mit den Händen an den Kopf und verzog eine Miene.

So kannten sie ihn gar nicht, was war passiert?

Endlich, nach einer schier endlosen Zeit, öffnete er wieder seine Augen.

„Der Crash passiert wohl heute Nacht. Er löst dann eine riesige Kettenreaktion aus. Aber ich glaube, dass kein großer Krieg daraus entsteht. Aber Unruhen, Plündereien, Versorgungsengpässe und Wassermangel. Wir haben noch bis Geschäftsschluss Zeit, alles weitere zu kaufen und dann geht es los. Gut das ich einen Survival Shop hier im Allgäu kenne. Da fahren wir hin, wenn du Else angerufen hast."

Peter verstand den Wink mit dem Zaunpfahl. Er sollte sich mit dem Gespräch beeilen.

Else war sofort am Telefon.

„Stell dir vor, Peter," platzte sie heraus.

„Tony hat eben angerufen und gesagt, seine schamanische Freundin sieht ein Chaos für die nächsten 4-8 Wochen voraus. Eventuell mit Geldverfall und Börsencrash. Ist das nicht heftig? Er ist auf dem Weg zu mir. Er sagte, seine Freundin hätte ihm gesagt, nur wer sich jetzt verschanzt, kann überleben."

Peter schluckte.

„Bleib cool, Else, wir wissen schon Bescheid. Wulf hatte auch Eingebungen und alles Nötige unternommen. Wir stehen hier auf dem großen Supermarkt Parkplatz nur etwa 25 Kilometer von dir entfernt. Tony, der alte Survival Freak kommt also zu dir. Gut, dann lerne ich ihn endlich auch mal kennen. Wir kommen auch, aber später. Ich melde mich wieder. Tschüssikowski."
Er lächelte und legte auf.

In knappen Sätzen erzählte er den beiden Freunden, was geschehen war.

„Also lasst uns schleunigst Fersengeld geben," meinte Wulf mit einem lustigen Unterton in der Stimme.

Die Fahrt zum Survival-Laden verlief ohne Zwischenfälle.

Auf Bayern 1 wurde nur wieder die angespannte Lage an der Börse erwähnt, keine neuen Details.

Der Wetterbericht versprach eine deutliche Verbesserung für die nächsten Tage. Tauwetter war angesagt.

Wulf atmete erleichtert auf!

Er schaute auf seine Tankanzeige.

In Gedanken versunken griff er automatisch zum Walkie Talkie.

Sie hatten sich angewöhnt, in jedem Auto eins zu haben.

Peter meldete sich sofort.

„Was gibt es, Großer," antwortete er.

„Wir sollten noch tanken. Hier im Allgäu oder drüben in Austria?"

Peter überlebte nicht lange.

„Zeit ist Geld. Also egal wegen der paar Euro, wir Tanken hier."

„OK, ich mache auch noch die zwei 20 Liter Reservekanister voll."

„Ich hab auch einen Resi," sagte Peter.

„Gleicht kommt ne freie Tanke auf der linken Seite, die nehmen wir, ok?"

„Alles paletti in Palermo, „ sagte Wulf als Zustimmung.

Nach dem Tanken ging es weiter zu dem Survival Laden, der aus einem ehemaligen Army Shop hervorging. Der Besitzer des Ladens, den alle nur Frankieboy nannten, weil sein Vorname Frank war und er dessen Bedeutung total auslebte, „frank und frei" zu sein. Er ließ sich von niemandem etwas sagen und rechnete täglich mit einem

Ausbruch einer Katastrophe und da war er in seinem Laden bestens gerüstet. Neben neuen Survival Dingen hatte Frankie auch Gebrauchtes verschiedenster Art anzubieten. Wulf hatte dort auch schon mal eine Campingleuchte preiswert erstanden, die mit Gaskartuschen aus dem Baumarkt betrieben wurde.

Wulf war damals sofort per du mit ihm gewesen und hatte immer mal wieder das eine oder andere nützliche Utensil dort relativ preiswert erworben, nachdem er mit der Campinglampe zufrieden war. Es war ihm zu lästig gewesen, alles mühsam im Internet in einem der vielen Survival Online Shops zu erwerben. Außerdem ging niemand etwas an, was er bestellte. Er hatte es dick, wenn man online bezahlen musste. Nur Bares ist Wahres! Das war sein Leitsatz!

Sie erreichten den Hof vor dem Laden und stiegen aus.

Frankie war erstaunlicherweise allein im Laden, als sie eintraten. Damit hatten sie nicht gerechnet. Aber bei diesem Wetter, irgendwie auch zu verstehen...

Wulf umarmte ihn freundschaftlich zur Begrüßung.

„Wir brauchen etwas von dir. Hier ist die Liste. Schau mal, ob du alles hast."

Frankie nahm die Liste entgegen.

„Hallelujah, was habt ihr denn vor? Steht eine Invasion ins Haus?"

„So ähnlich. Dir können wir´s ja sagen. Der Crash kommt, mit dem du schon so lange rechnest."

„Echt? Heftig! Erzähl!"
Wulf klärte ihn mit einigen Sätzen auf.

„Aber, mein Freund, bevor du hier den Sittich machst, möchten wir noch unsere Sachen kaufen, ok?"
Frankie schaute ihn erstaunt an.

„Ich hau doch nicht ab, ich hab alles schon im Keller eingebunkert, im wahrsten Sinne des Worts. EingeBUNKERt, verstehste, Alter?" Dabei zwinkerte er.

Wulf grinste wie ein Honigkuchenpferd. Er hatte verstanden!

„OK, dann schau ich mal, was auf eurer Liste steht: Oh, das reicht aber bei weitem nicht. Höchstens für einen Minicrash, der nicht länger als 14 Tage dauert. Ich empfehle euch folgendes:"

Dann führte er sie durch den Laden.

Ihr braucht dringend: Einen Outdoor Kocher, quasi einen Allesbrenner, der so ziemlich alles an Festbrennstoffen annimmt. Habe ich natürlich da. Der Clou dabei ist, dass er auch faltbare Pfannen und Töpfe dabei hat. Des Weiteren braucht ihr ein gutes Sturmfeuerzeug, einen guten Kompass mit integriertem Höhenmesser, hab ich natürlich auch im Sortiment, einen Mini Weltempfänger, gute Taschenlampen oder gleich eine gute LED Taschenlampe, die auch in 2 km Entfernung noch zu sehen ist, ideal wenn man in Höhlen unterwegs ist, Multifunktionswerkzeug, wie dieser Typ mit dem berühmten Schweizer Taschenmesser, ihr wisst schon, wen ich meine, mir fällt grad der Name nicht ein. Übrigens, habt ihr auch an starken Mokka gedacht, der Halbtote wieder zum Leben erweckt? Hab welchen da, trinke ihn auch regelmäßig, um wach zu bleiben.
Doch zurück zu den anderen wichtigen Survival Utensilien: ihr braucht dringend gute Seile, wenn ihr zu Else in die Berge geht."

„Woher weißt du, dass wir zu Else hinauf wollen?" fragte Vicky irritiert.

„Ach, Wulf murmelte eben den Namen Kräuter-Else vor sich hin, da fiel bei mir sofort der Groschen."

Vicky lachte und sagte: „Das heißt jetzt Cent."

„Leider ist das so, Sch… Euro!" sagte Peter.

„Gut, ihr Lieben, fahren wir fort, was ihr noch so braucht: Tarnkleidung ist wichtig, nicht so was Auffallendes wie deine orange Jacke, Mädel."

Vicky wollte gerade protestieren, da sagte Wulf nur:

„Daran hab ich auch schon gedacht."

Frankie zeigte auf eine dunkelolivfarbene Jacke mit warmem Innenfutter.

„Die dürfte dir passen, Mädel," sagte er und reichte Vicky die Jacke.

„Sie hat zwei kleine Fehler, aber die fallen kaum auf. Da ihr aber doch einiges einkaufen wollt, schenke ich sie dir. Viel Spaß damit!"

Vicky wusste gar nicht, was sie sagen sollte. Augenblicklich zog sie die orange Jacke aus und schlüpfte in die neue Jacke hinein.

Sie passte wie angegossen!

„Danke schön, Frankie. Muchas gracias!"

„De nada," antwortete Frankie ebenso reaktionsschnell.
„Ok, fahren wir fort. Ihr braucht Regenponchos, wasserdichte, gefütterte Lederstiefel wenn's geht mit Stahlkappe. Dann braucht ihr Taschen-Wasserfilter, um das Regenwasser zu reinigen, mehrere Aluminium Wasserflaschen, gute Sonnenbrillen mit vernünftigem UV Filter, Trillerpfeifen nicht zu vergessen, falls ihr noch nicht über einen gescheiten Trekking Rucksack verfügt, kann ich euch da auch weiterhelfen."

„Den haben wir schon, danke schön!" sagte Vicky.

„OK, weiter geht's. Kreide, Papier und wasserfeste Stifte sind auch wichtig. Wie sieht es mit Dosenöffnern und Notfall Werkzeug aus?"

„Klappspaten und Werkzeug ist im Bully. Dosenöffner ebenso. Penntüten, äh, ich meine Schlafsäcke auch. Das ist bei uns immer drin, ebenso wie Thermomatten, diverse Decken, erste Hilfe Koffer,

Pflaster, Scheren, Notfalltabletten, Antibiotika, homöopathische Medizin, ein Orgonstab, Weihwasser und tonnenweise Batterien haben wir auch eingekauft."

Als Wulf dieses sagte, lächelte Vicky auf einmal.

Etwas Wichtiges hatte er vergessen zu erwähnen.
„Du hast vergessen zu sagen, dass wir ausreichend Kleidung zum wechseln und Waschmittel und Kernseife auch dabei haben."

„Typisch Frau," schmunzelte Frankie.

„Das ist sehr wichtig," verteidigte sich Vicky.

„Klaro, aber ich hab noch etwas Schönes für euch: Kohletabletten. Was macht ihr übrigens, wenn mal ein Unfall passiert oder eine Wunde genäht werden muss? Ich hab das Richtige für euch: ein Mini OP Set und ein Zahnreparatur Set.

Ich denke das ist das Wichtigste für euch."

„OK, packe alles ein, Frankie und mache uns einen guten Preis."

Frankie schaute ihn an.

„Was nützt mir das viele Geld, wenn es bald nichts mehr wert ist. Ich denke, ich mache gleich zu, wenn ihr weg seid und gehe noch schnell einkaufen."

Dann begann er alles zusammen zu tragen und half ihnen dann beim Verstauen. Die 500 Euro Freundschaftspreis waren gut investiert, dachte sich Wulf, als er bezahlte. Zehn Minuten später waren die drei mit ihren beiden Autos wieder unterwegs, nachdem sie sich herzlich von Frankie verabschiedet hatten.

Vicky schaute in ihre Tasche. Frankie hatte ihr bei der Umarmung noch etwas zugesteckt. Es war ein Nähset, was nach näherem Betrachten auch ein Angelset enthielt.
Peter rief während der Fahrt Else vom Handy aus an. Er liebte es mit Fleiß Dinge zu tun, die verboten sind.

2. „Kräuter-Else":

Es dämmerte schon, als sie den steilen Pfad zu Elses Haus vorsichtig hinauffuhren. Wulf bildete dabei die Spitze und Peter folgte in einem Abstand von einigen Metern.

Dieser Weg war eigentlich nur für Forstarbeiter, aber das interessierte sie jetzt herzlich wenig.

„Endlich! Da ist ihr Hof!" Vicky war erleichtert.

Wulf fuhr auf den Hof und gleich in den geöffneten leeren Stall. Daneben hatte der Wagen von Peter Platz.

Es gab eine herzliche Begrüßung als die vier sich umarmten.

Else mit ihren eisgrauen Haaren sah von nahem wesentlich jünger aus, als es ihre 65 Jahre vermuten ließen.

Sie strich sich übermütig durch ihre volle Haarpracht und Wulf musste neidlos anerkennen, dass seine Haarpracht in Länge und Fülle der Elses nicht gewachsen waren.

„Tony hat angerufen. Er bringt noch einiges mit, was wir dringend brauchen. Ich freu mich sehr auf ihn, den alten Abenteurer!"

Auch Peter war schon sehr gespannt, dieses Unikum von Tony endlich einmal kennen zu lernen.
Gemeinsam halfen die vier, alle Lebensmittel in den unterirdischen Bunker von Else zu schaffen. Das war in Wirklichkeit kein richtiger Bunker, aber dieser stabile Erdkeller hatte drei Räume und mit stolzen 78 qm konnte man es dort schon eine Zeitlang aushalten. Außerdem floss neben dem Keller eine kleine Quelle aus den Bergen und so war erst einmal Frischwasser keine Mangelware und die lebensmittelechten Kanister konnten gut gefüllt werden. Später erfuhren sie, dass Else auch Zisternen angelegt hatte.

„Wann habt ihr euch denn entschieden, zu mir zu kommen?" fragte Else in die Runde.

Wulf antwortete ehrlich: „Als du anriefst erst. Eigentlich wollten wir uns in unserem alten Haus verschanzen. Aber wir haben umdisponiert. Das alte Haus ist gut geschützt. Ich habe die Schutzengel gebeten, darauf auf zu passen."
Else, die auch an Schutzengel glaubte, lächelte ihn an.

„Dann ist es ja schön," sagte sie nur süffisant.

Else hielt es nicht mehr aus. Die Dunkelheit war fast schon komplett durchgebrochen. Wo blieb Tony nur?
Sie nahm ihr Handy und wählte dann Tony´s Nummer.

Sie musste sich aber etwas außerhalb des Hauses auf einen Felsen stellen, um Empfang zu bekommen. Das Handy war zwar gegen schädliche Strahlen entstört, aber der Empfang wurde dadurch auch nicht besser. Sie erklärte sich bereit zu telefonieren, wenn Wulf dabei war, denn er war so feinfühlig, dass er mit einem normalen Handy, das nicht entstört war, unmöglich telefonieren konnte ohne Kopfschmerzen zu bekommen. Für ihn war es so, als würde er einen Mikrowellenherd an den Kopf halten. Else respektierte das und rief Tony an.

3. Tony, der Abenteurer:

Tony´s Handy klingelte während er einen 60er Jahre Hippie Song, der im Autoradio lief, mitsang.

„Let´s go to San Francisco…"

Tony meldete sich.

„Hallo?"

„Mach mal die Mucke leiser, ich hör dich nicht, alte Schnarchtüte, Tony, altes Haus."

Augenblicklich drehte er den Song leiser. Die Stimme kannte er nur allzu gut. Das war Else! Welch Wohltat, ihre Stimme zu hören.

„Wo bist du, alte Socke," fragte sie ihn.

„Ich bin gleich bei dir. Bist du zuhause?"

„Klaro!"

„Supie! Dann sehen wir uns ja gleich. Alles Liebe! Adele!"
Else musste sich immer noch über Tony´s schwäbischen Akzent lachen.

„Tony schneit gleich vorbei." Sie war wieder ins Haus getreten, als sie diese Nachricht kundtat.

„Aber bitte nicht wörtlich nehmen. Schnee hatten wir schon genug," murmelte Wulf grinsend.

„Oh wie war," bestätigte ihn Vicky.

„Ich koche jetzt meine weltberühmte Kräutersuppe, von der ich meinen Spitznamen habe. Dazu kredenze ich euch natürlich mein selbstgebackenes Steinofenbrot aus vollwertigem Getreide."

„Wie viele Brote hast du davon, Else?" fragte Vicky.

„Jetzt drei Stück, aber du bringst mich auf eine Idee. Ich werde noch 5 Stück backen, man kann ja nie wissen. Helft ihr mir?"

Sie einigten sich darauf, dass Vicky ihr beim Backen hilft und die beiden Männer das Holz für den Ofen heranholten und den schweren Sack mit den Dinkelkörnern.

Peter machte es eine Riesenfreude, die Dinkelkörner in der Mühle aus Omas Zeiten zu mahlen, welches ein hochwertiges Keramikmahlwerk besaß.

Tony erreichte den Hof von Else.

Er hupte zur Begrüßung.

„Passt mein Gespann noch in deinen Stadel, Else?"

Else lachte.

„Mit Leichtigkeit, Bruderherz!"" lachte sie.

Es gab eine herzliche Begrüßung mit freundlichen Umarmungen.

„Du bist also Peter. Lass dich drücken, Bruderherz," sagte Tony, als er Peter bei der Umarmung sehr fest drückte.

„Eigentlich müssten wir uns einmal richtig aussprechen, aber die Zeit drängt wohl."

Tony grinste frech übers ganze Gesicht.

„Ich hab eine Überraschung für euch. Stellt euch mal vor, mir ist in einem Buch-Antiquariat ein uraltes rares Buch über diese Gegend hier in die Hände gefallen. Ein Sachbuch. Mann, war das schwer zu lesen. Ich hab doch in der Schule keine altdeutsche Schrift mehr lesen gelernt, aber ich bin ja nicht blöd, hähä. Ich hab 2 alte Winnetou Bücher aufgetrieben, eins in Altdeutsch und eins in Hochdeutsch. Dadurch hab ich mir das Lesen der altdeutschen

Sprache angelernt. Hatte ja auf den kanarischen Inseln, wo ich ne dreimonatige Auszeit nahm, viel Zeit, höhöhö…"

„Spann uns nicht so auf die Folter und prahl nicht so von der Wärme der Kanaren, während wir hier uns den Allerwertesten abgefroren haben, du Säckel," schimpfte Else.

„Hihi, schon gut," grinste Tony noch feister vor sich hin.

„Also, in dem Buch steht was von einer unbekannten Höhle, die ins Erdinnere geht. Ich denke, sie müsste hier in der Nähe sein."

„Die ist doch bestimmt schon zugeschüttet oder so," warf Peter kritisch ein.

„Typisch Peter," meinte Vicky.

„Sei nicht so kritisch!" sagte auch Else scharf.

„Also, Tony, wo ist die Höhle. Raus mit der Sprache oder muss ich dich erst durchkitzeln, bis ich weiß, was ich wissen will."

Elses Kitzelattacken sind fast so berühmt wie ihre Kräuter.

Tony leuchtete mit seiner Taschenlampe, die er aus der Jacke gezogen hatte auf das Buch.

„Das ist eine solarbetriebene Taschenlampe. Rattenscharfes Teil!"

„Nützt dir nur in Höhlen nicht viel, das nur am Rande," warf Wulf trocken ein.

„Also," begann Tony erneut „ich zeige euch jetzt die Karte in dem Buch, wo die Höhle eingezeichnet ist. Schaut mal, hier wo der Wasserfall ist, wohnt Else doch auch. Also muss die Höhle hier gleich um die Ecke sein."

„Ein Versuch ist es wert. Morgen kann es schon zu spät sein. Nimm deine Funzel Peter und auch du Tony folgt mir, wir schauen nach. Ihr Mädels backt weiter."

Wulf hatte wieder einmal klar Schiff gemacht.

Aber er hatte die Rechnung ohne den Wirt gemacht.

Else protestierte aufs Energischste. Sie wolle mit.

Nach der beruhigenden Besänftigung mit Engelszungen von Wulf blieb sie letztendlich doch daheim, da sie die Einzige war, die diese Brote backen konnte.

Elses großer Collie „Lady" passte ja auch auf sie auf.

Es war jetzt schon empfindlich kalt draußen. Peter meinte gefühlte 2 Grad unter Null, da ihm seine Fingerspitzen wehtaten.

Hinter dem Wohnhaus fing direkt der Wald an und es ging steil bergauf. Wer glaubte, hier auf 1300 Metern, ist alles zu Ende, der wird eines Besseren belehrt. Steil ging der Pfad nach oben.

Wulf, der voran ging und das Buch mit der Karte in der Hand hielt, stutzte plötzlich. Auf der Karte waren drei alte Eichen eingezeichnet, die wie ein Dreieck im Rondell standen. So sahen auch die Bäume vor ihnen aus!

Er wähnte sich schon fast am Ziel seiner Träume.

Auf der Karte war ein Felsen eingezeichnet, hinter dem die Höhle begann.

Sie leuchteten die ganze Gegend ab, aber der Felsen war nicht zu sehen.

Vicky suchte sich ein Plätzchen, wo sie ihre Notdurft verrichten wollte.

Plötzlich ertönte ein Schrei!

Wulf war als erster zur Stelle und sah sie nicht mehr!

„Wo bist du, Süße," rief er.

„Hier unten, Wulf!" kam ihre wohlbekannte Stimme aus der Tiefe zurück.

„Ist dir was passiert, Süße?"

„Nein, ist alles ok. Ich bin wohl in eine Höhle oder Grube gerutscht."

„Wir helfen dir heraus, beweg dich nicht," sagte Wulf mit merkbarer Erleichterung in der Stimme, als er hinunter geleuchtet hatte und sah, dass es nur etwa 1,50 Meter tief hinab ging.

Ob das vielleicht der Eingang zu der gesuchten Höhle war?

Wulf half seiner Frau vorsichtig hinaus.

Sie umarmte ihn und sagte dann scherzhaft:

„Jetzt muss ich aber wirklich pieseln. Ich denke ich kehre um und mache im Haus, bevor ich wieder abstürze."

Peter bot sich an, Vicky zurück zu begleiten, damit sie nicht allein gehen muss.

„Wir untersuchen die Höhle schon mal," meinte Tony, neugierig wie er war und hatte seinen berühmt-berüchtigten Abenteuerblick in den Augen.

Tony leuchtete mit seiner Solarlampe ins Loch hinein.
„Da hast du aber Schwein gehabt, Vicky," rief er ihr nach.

Vicky erschauderte, als sie das hörte und dankte ihren Schutzengeln, die sie sie vor Schlimmerem bewart hatten.

„Es geht an der Seite noch tiefer runter, da brauch ich wohl ein Seil," raunte Tony noch leise vor sich hin.

„Da bleibt mir ja nichts anderes übrig, als das Seil zu halten," seufzte Wulf, der das dennoch mitbekam, nach einer kurzen Weile.

Langsam ließ sich Tony hinunter. Wulf hatte seine liebe Mühe, den zwar nur 1,68m großen, aber doch recht schweren Tony zu halten.

„Ich bin unten, Wulf!" rief er hoch, während er schon mit seiner Taschenlampe wild um sich leuchtete.
Wulf überlegte, wie er jetzt hinunter kommen sollte. Er schaute sich um und sah eine stärkere Buche in Reichweite.

Dort befestigte er das Seil und warf das andere Ende ins Loch hinunter, um sich langsam daran auch hinab zu lassen.

Wenige Minuten später stand auch er auf dem Boden der Höhle und folgte dem Lichtkegel von Tony´s Taschenlampe.

„Keule, nicht so schnell," rief er Tony in seiner blumigen Sprache zu.

„Wulf, alter Schwede, hier ist Wasser, dort geht's nicht weiter, schau mal und das Wasser ist eiskalt."

Dann nahm er einen Stein und warf ihn ins Wasser.

Mit einem lauten „Plumps!" fiel er hinein.

„Was sollte das denn jetzt, Alter?" fragte Wulf überrascht.

„Weißt du, Wulf, ich war schon in unzähligen Höhlen und habe damit schon einige Erfahrung gesammelt. Hier habe ich jetzt durch das Geräusch des Steins im Wasser erkannt, das es recht tief sein muss. Ich denke, tiefer als zwei Meter. Durchwaten geht also nicht."

„Heiß ich Sebastian Kneipp oder warum sollte ich freiwillig durch Eiswasser waten…" grinste Wulf, nachdem er das gesagt hatte.

„Ah, das soll wohl eine Anspielung darauf sein, dass ich Kneippianer bin, oder? Ich habe keine Angst vor dem kalten Wasser."

Daraufhin entkleidete sich Tony bis auf die Unterhose und stieg tatsächlich ins eiskalte Wasser ohne mit der Wimper zu zucken.

„Bleib hier, Tony, du kannst dir den Tod holen," rief Wulf voller Entsetzen seinem Freund hinterher.

Doch dieser lächelte und tauchte unter.

Wulf wartete bange Sekunden, da hörte er Tony´s Stimme von der Ferne dumpf und leise rufen.

„Hier geht's weiter. Ich komme zurück."

Wieder wartete Wulf eine geraume Zeit, bis er Tony´s kurzgeschorenen Kopf aus dem Wasser ragen sah.

Er kletterte heraus und grinste Wulf an.

„Tut mir leider, Alter, ich habe kein Handtuch dabei. Du musst leider so deine Klamotten wieder anziehen. Ich schaue mal, ob die anderen schon kommen und klettere heraus und hole ein Handtuch für dich."

Wulf ging die wenigen Schritte zum Eingang zurück.
Er leuchtete nach oben und stellte mit Entsetzen fest, dass das Seil sich gelöst hatte und am Boden lag.

Wie sollte er jetzt hinaufkommen?

Er überlegte fieberhaft. Da hatte er eine Eingebung!

Er sammelte alles an Brennbarem zusammen, was herum lag und brachte es in die Höhle zu der Stelle, wo Tony war.

Dieser schaute erst ihn und dann das Reisig in seinen Händen verblüfft an.

„Ich muss ein Feuerchen machen. Das Seil ist abgestürzt und ich weiß nicht, wann die Anderen kommen. Du brauchst Wärme, sonst wirst du die Nacht nicht überstehen, Kneipp Freund hin oder her! Basta!"

Wulf kam jetzt zugute, dass er von Kindheit an, darin geübt war, auf die Schnelle, Feuerchen zu machen.

Er griff in seinen Rucksack und holte einen Spirituswürfel aus einer gesonderten Verpackung. Jetzt war es von Vorteil, dass er das neue Sturmfeuerzeug von Frankie sofort in die Hosentasche gepackt hatte.

Innerhalb einer Minute brannte ein wärmendes, wohliges Feuer.

Tony gab jetzt keine überflüssigen Kommentare mehr ab, sondern wärmte und trocknete sich an dem Feuer.

„Wo seid ihr?" rief nach einiger Zeit Peter in die Höhle hinab.

Beide fühlten eine tiefe Erleichterung, als sie seine Stimme vernahmen.

„Wir sind in der Höhle, aber das Seil, was ich um den Baum gewickelt hatte, löste sich und liegt jetzt hier unten, so dass wir nicht zurück konnten."

„Was kann ich tun?" fragte Peter ganz aufgeregt.

„Ich versuche dir das Seil hochzuwerfen, Augenblick!"

Dann trat Wulf zu dem Eingang hin und versuchte das Seil die 4-5 Meter hochzuwerfen, aber es misslang mehrmals.

„Ich suche etwas, einen langen Ast oder so, wo du das Seil dran befestigen kannst."

„Super Idee, Alter."

Schon nach einigen Minuten war er fündig geworden und ließ den abgebrochenen langen Ast langsam herab. Wulf bekam ihn zu fassen und band das Seil daran.
Dank Peters guter Knotentechnik hielt diesmal das Seil und die beiden „Höhlenforscher" waren Minuten später gerettet.

Tony zitterte jetzt doch merklich am ganzen Leib. Gemeinsam schritten sie vorsichtig, aber so schnell es möglich war, Richtung Elses Haus.

4. Die Vorbereitung:

War das eine Aufregung, als das Erlebte erzählt wurde. Noch nie wurde Elses Kräutersuppe und der Heilkräutertee so gierig von Tony aufgenommen, wie an diesem Abend. Direkt im Anschluss schickte Else liebevoll aber energisch Tony in die Sauna und er ließ es sich ohne Widerworte gefallen, schließlich gab es zwischen den beiden in der Vergangenheit regelmäßige Machtkämpfe mit unterschiedlichem Ausgang.

Nach dreißig Minuten kam er gut gelaunt heraus und grinste alle freudig an.

„Jetzt grins nicht so wie ein Honigkuchenpferd. Was heckst du denn wieder aus?" fragte Wulf.

„Leute, morgen geht´s auf Expedition. Bei meinem Tauchgang hab ich einen anderen Eingang entdeckt. Der ist wohl trockenen Fußes zu erreichen und geht wohl ins Innere weiter."

Die anderen waren baff!

„Warum spannst du uns solange auf die Folter, du Lümmel," zwinkerte Else liebevoll Tony zu.
„Weil ich euch überraschen wollte," lächelte er.

„Sollen wir jetzt in die Höhle gehen oder nicht?"
Vicky hatte die Frage in den Raum gestellt.

„Zuerst einmal sollten wir abklären, ob es dort im Falle einer Krise sicherer ist als in Elses Haus. Plünderer könnten leicht auch hier hoch kommen, das sollte euch doch klar sein."

Wulf hatte dieses mit energischer Stimme gesagt.

„Aber wenn wir in die Höhle gehen, kann es auch sein, dass wir in Gefahr geraten," warf Vicky ein.

„Ich bin für die Höhle," warf Peter ein. „Aber erst sollten wir den anderen Eingang suchen und schauen, wie gut der versteckt ist. Wenn andere ihn auch einfach finden könnten, taugt er auch nicht viel. Ich denke, dass ist auch von entscheidender Bedeutung."

Dann schaute er in die Runde, nachdem er das gesagt hatte.

„Ich bin auch dafür, die Höhle zu erkunden," ergänzte Wulf, „uns aber nur dorthin zurück zu ziehen, wenn dort auch sicher gestellt ist, dass man dort schlafen kann ohne zu erfrieren und auch Holz genug vorhanden ist, um Feuer zu machen. Im Inneren muss es nicht zwangsläufig wärmer als oberirdisch sein. Auch muss eine Möglichkeit gegeben sein, unsere Lebensmittel gut und sicher vor Tieren zu verstauen."

Peter nickte Wulf zu, nachdem er geendet hatte.

Es kehrte nachdenkliche Ruhe in die Runde ein.

„Was ist das denn für ein Brummton auf einmal?" fragte Vicky.

„Das ist mein Handy," sagte Tony.

„Es ist auf stumm geschaltet, das was ihr hört, ist nur der Vibrationsalarm."

Er nahm das Gespräch an und ging in einen Nebenraum.

Am Telefon war ein alter Bekannter von Tony.

Nach Beendigung des Gesprächs kam er zurück und schaute wieder grinsend in die Runde und bemerkte salopp:

„Leute, wir bekommen Verstärkung. Andrasz und Bläuken kommen."

„Echt? Cool!" sagte Wulf.

„Das sind auch Freunde von uns," antwortete Vicky lächelnd.

Tony strahlte vor Freude.

„Voll super! Andrasz ist Heilpraktiker gewesen und jetzt in Rente.
Seine Frau heißt eigentlich Gertrud, aber alle nennen sie nur
„Bläuken", das ist ein uralter Name für Leute, die rote Haare haben.

„Gefällt ihr der Spitzname?" fragte Else.

„Ach, sie hat sich dran gewöhnt, gefällt ihr besser als Gerti oder
Trudl."

„Verständlich," schmunzelte Peter.

„Wann kommen sie denn, Tony?" fragte Else.

„Ich muss später los, sie haben umdisponiert und kommen zu diesem
Bahnhof hier in der Nähe. Ursprünglich wollten sie Wulf und Vicky
besuchen, da war aber nur der Anrufbeantworter an, so dass Andrasz
plötzlich den Impuls hatte, Peter mal wieder anzurufen, nachdem sie
sich damals beim Kneipp Kongress im Unterallgäu aus den Augen
verloren hatten. Sie rufen gleich noch einmal an, wann der Zug
ankommt."

Kaum hatte Tony den Satz beendet, als das Telefon wieder klingelte.

Vicky nahm es ihm aus der Hand und ging heran.

War das eine Überraschung, als Andrasz Vickys Stimme hörte und
mit seinem ungarischen Akzent antwortete.

„Sie kommen um 21.46 Uhr an, „ sagte Vicky zu Tony.

„Ich denke, wir sollten Elses Jeep nehmen, der hat Allrad-Antrieb,"
meinte Wulf.

„Ich fahre, wenn Else es erlaubt," antwortete Tony.

Else nickte zustimmend.

„Lasst uns doch mal hören, ob die geistige Welt eine Empfehlung für uns hat," stellte Vicky in den Raum.

„Au ja, super Idee," ergänzte Peter voller Freude.

Wulf setzte sich in den Schneidersitz und betete.

Dann hüllte er sich und alle Anwesenden sowie das ganze Grundstück in Licht ein und bat um göttlichen Schutz. Dadurch waren sie vor den Angriffen der dunklen Seite geschützt.

Wulf war mittlerweile in Trance gefallen.

Seine Schutzengel, sprachen durch ihn:

„Gott zum Gruß, ihr Lieben. Wir möchten euch mitteilen, dass es für euch dort sicher ist, wo ihr seid. Also ist die Entscheidung euch selbst überlassen, wo ihr euch aufhaltet. Solange ihr fest im Glauben und Vertrauen seid, ist der immerwährende Schutz vorhanden. Gott zum Gruß, Amen, Amen, Amen!"

Wulf kam wieder zu sich.

Else schaute ihn an.

„Es ist egal wo wir sind, solange wir fest im Glauben und Vertrauen zu Gottvater sind."

Wulf nickte. Er hatte verstanden.

Dann stand er auf und schaute in den Kühlschrank von Else. Dort stand sein geliebter Hafer-Drink. Den hatte er doch glatt vergessen, einzukaufen.

Else sah es und sagte: „Bedien dich ruhig. Ich hab noch mehr davon!"

Wulf bedankte sich artig und genoss das kühle vegane Getränk bis zum letzten Tropfen.

Er war total durstig gewesen. Jetzt ging es ihm besser, nachdem er den ganzen Tag über, kaum etwas getrunken hatte.

Tony verabschiedete sich, um Bläuken und Andrasz vom Zug abzuholen.

Nach 30 Minuten waren die drei wohlbehalten angekommen.

Nach einer stürmischen Begrüßung und einer anschließenden Vorstellung untereinander, die sich noch nicht kannten, ging ein munterer Meinungsaustausch von statten.

Andrasz, der es gewohnt war, Wortführer zu sein, musste sich jetzt in die Gruppe einfügen.

Wulf wurde als Leiter bei den Expeditionen bestimmt, da er eine natürliche Autorität hatte, ohne den Anführer raushängen zu lassen.

Auch sein guter Draht nach „oben" trug sicherlich dazu bei. Andrasz wollte die Höhle unbedingt sehen. Sein Forscherdrang ging mit ihm durch. Erst die strengen Worte seiner Frau bremsten ihn dann wieder.

Das Thema der Gesprächsrunde wechselte wieder zu der Traumbotschaft vom Börsencrash, welche Wulf letzte Nacht hatte.

Andrasz leuchtete plötzlich im Gesicht!

Wulf wusste, wenn Andrasz urplötzlich rot wurde, war was im Gange!

„Was hast du Andrasz?" fragte er ihn.

Er erzählte dann von einer kuriosen Begebenheit im Zug, wo er unfreiwillig Zeuge einer Unterhaltung von vier Bankern war, die sehr zum Unwillen ihrer Familien Überstunden machen mussten und ihren Unmut darüber Platz schaffen wollten. Andrasz hörte heraus, dass die Lage des Finanzsystems allgemein wesentlich dramatischer ist, als in der Öffentlichkeit zugegeben wird und es nur noch eine

Frage von Tagen sein kann, bis der Crash kommt, wenn nicht ein Wunder geschieht."

„Hammermäßig!" rief Peter dazwischen.

„Lass ihn ausreden," sagte Else.

Andrasz fuhr fort, dass nicht nur die Börse vor dem Zusammenbruch stände und die anwesenden Banker schnell noch ihre Schäfchen ins Trockene brachten, sondern auch der Euro und der US-Dollar total kollabieren würden.

„Bin ich froh, dass ich heute fast mein ganzes Geld sinnvoll investiert habe in Lebensmittel und Survival Dinge, meinte Peter."

Bläuken schaute auf einmal etwas verdattert vor sich hin.

„Warum hast du mir denn nichts von dem Gespräch gesagt, Andrasz?"

„Sollte ich dich etwa wecken, wo du doch so schön tief geschlummert hast?"

Darauf konnte seine Frau natürlich nichts Negatives erwidern.

„Sag mal Else, hast du jetzt schon Sky DSL? Das hattest du doch vor, zu installieren, gell? fragte Peter, der ebenfalls ein Internet Freak und Tüftler war.

„Ja natürlich," sagte sie.

„Ohne DSL bin ich hier doch völlig weltfremd, da ich auch gerne surfe und chatte, wie du ja weißt."

„Klasse!" rief Peter voller Freude.

„Lass mich mal an deinen Kasten ran. Ich kenne da ein paar gute Seiten im Internet wo in den Foren diesbezüglich die Post abgeht."

Dann ging er flugs nach nebenan und Wulf folgte behände hintendrein.

„So, Hoschi jetzt bin ich gespannt," meinte Wulf mit seiner blumigen Art.

„Um es mal auf deine Weise auszudrücken," antwortete Peter knochentrocken.
„Die Seite die ich gerade aufgerufen habe, ist etwas heikel. Du weißt schon, was ich meine."

Wulf nickte mit einem Schmunzeln im Gesicht.

„Da, da!" rief er.

„Schau mal. Die Foris sind am Durchdrehen. Sie überschlagen sich förmlich mit ihren Postings. Der bevorstehende Crash ist Thema Nr.1 !!!"

Wulf schaute auf den Monitor.

„Selbst in meinem Lieblings Verschwörungs- Forum ist die Hölle los," sagte er, als er parallel die zweite Seite aufrief.

„Ich glaub meine Internet Auktionen kann ich jetzt in die Tonne kloppen," meinte Wulf.

„Glücklicherweise habe ich nur alte Bücher online, die ich nicht mehr lese und brauche. Etwa 20 Stück."

Mit diesen Informationen in die Runde zurückkehrend, riet Andrasz allen Freunden und Bekannten eine E-Mail zukommen zu lassen, um sie zu warnen, natürlich nur unter dem Gesichtspunkt, das es sein könnte und nicht muss…"

Peter lächelte und ging an Elses Notebook und schrieb eine Mail und sandte sie an alle Leute, die gespeichert waren, sowie diejenigen, welche er im Kopf hatte.

Im Hintergrund wurde der Fernseher angeschaltet.

Peter hörte schon von weitem, das etwas Urbayrisches in der Glotze lief. Es schauderte ihn. Es war so etwas wie ein Volkstheater, was er nicht mochte. Es war Friede, Freude, Eierkuchen fürs Volk. Ähnlich wie Brot und Spiele bei den Römern oder beim Massensport sehr oft geschieht.

Als er zurückkam, hatte Else schon umgeschaltet. Es liefen die Nachrichten. Nichts Verdächtiges wurde erwähnt, außer dass einige kleine Banken in England Zahlungsschwierigkeiten hätten und eine deutsche Landesbank in Bedrängnis geriet.

Else sagte kritisch: „Noch senden sie, als ob nichts wäre und morgen sind sie vielleicht nicht mal mehr online."

Wulf nickte. So ähnliche Gedanken hatte er auch schon gehabt. Wenn morgen der Crash kommt, was dann?

Sie beschlossen, morgen früh, nachdem sie Nachrichten gehört hatten, kurz im Internet zu surfen, falls dieses noch funktioniert und dann die Höhle von der anderen Seite zu untersuchen.

Glücklicherweise hatte Else fünf Gästezimmer, da sie öfter Platz für Referenten von Seminaren anbot und die Leute manchmal über Nacht blieben und die gesunde Bergluft hier auf 1300 Metern genossen.

5. Der nächste Morgen:

Der Wecker klingelte um 6 Uhr in der Früh.

Verschlafen regte sich Peter. Er war der Erste, der heute Morgen aufstand.

Normalerweise ging er in die Küche, machte sich einen Kaffee und trat vors Haus, um in Ruhe die Natur zu genießen, aber heute hatte das alles keine Priorität!

Er ging ins Arbeitszimmer und schaltete das Notebook an.

Während es hochfuhr, gingen ihm allerhand Dinge durch den Kopf.

War der Crash passiert? Oder war es noch hinausgezögert worden? Passierte er überhaupt?

Er wusste nicht mehr, was er glauben sollte.

So, der Computer war bereit. Er konnte online gehen.

Er öffnete gleich mehrere Seiten in seinen Lieblingsforen. Scheinbar war es noch nicht soweit. Peter war irgendwie auf den Crash gespannt, weil er hoffte, dass danach die große göttliche Reinigung auf Erden geschieht, um es nicht falsch zu verstehen, was nicht als Strafgericht Gottes in kirchlichem Sinne gemeint war.

Irgendwie etwas enttäuscht, das es keine Neuigkeiten gab, ging er auf seine Lieblingsseite, was Erdbeben betrifft.

Was war denn das? Schaute er richtig?

Ein riesiges Seebeben der Stärke 7,2 auf der Richterskala im pazifischen Ozean östlich von Japan.

Peter war wie elektrisiert!

Das musste er den anderen sagen!

Er musste alle wecken und überlegte wie er dieses bewerkstelligen konnte ohne sich den sprichwörtlich „schwarzen Peter" zuzuziehen.

In dem Moment klingelte das Handy, welches im Wohnzimmer lag. Es gehörte Andrasz.

Peter ging nach mehrfachen Klingeln, wobei es immer lauter wurde, an den Apparat.

Eine Frauenstimme, die er sehr ansprechend fand, war am Telefon. Peter war sehr traurig, dass sie sich verwählt hatte und auflegen wollte, da fiel ihm das Thema Crash und Seebeben ein. Er hatte einfach das Bedürfnis ihr davon zu erzählen, obwohl er sie gar nicht kannte, aber eine innere Stimme sagte ihm, lege nicht auf.

15 Minuten später waren die beiden immer noch am sprechen und hatten schon ihre Telefonnummern ausgetauscht.
Wulf kam verschlafen im Jogginganzug in den Raum und gähnte in die Runde.

„Mach´n Mund zu, sonst zieht´s," sagte Peter bestens gelaunt, aber den Hörer zuhaltend.

„Was ist dir denn passiert, man könnte denken, du telefonierst mit deiner Traumfrau!" sagte Wulf und grinste.

„Psst! Ich telefoniere noch," flüsterte Peter Wulf zu.

Plötzlich durchzuckte es ihn wie ein Blitz! Sollte dieses weibliche Wesen mit der sympathischen Stimme die Frau sein, auf die er schon so lange sehnsüchtig wartete? Es durchzuckte ihn noch einmal und plötzlich hatte er das Gefühl, Schmetterlinge im Bauch zu haben und auf Wolke 7 zu sitzen.

Wulf spürte es wohl instinktiv und fragte leise:

„Frag sie nach ihrem Geburtsdatum."

Peter zeigte ihm einen Vogel. „Das ist zu persönlich, Wulf. Das mach ich nicht."

Wulf nickte. Er verstand es.

Peter verabschiedete sich mit „Bis bald. Mögen die Schutzengel dich behüten und beschützen."

Wulf schaute erstaunt seinen Freund an, denn so hatte er ihn noch nie erlebt.
„Sie hatte eine entzückende Stimme, nicht wahr?"

Peter antwortete nicht, sondern wurde verlegen und ging zum Notebook zurück.

„Hier geblieben," sagte Wulf.

„Rede und Antwort stehen. Wir sind neugierig!"

Peter gab nach. Es half ja nichts. Wulf würde bohren und bohren. Er erkannte aber auch eine Chance darin.

„Frag doch mal oben nach, ob sie meine Traumfrau, die ich schon so lange herbeisehne, ist."

Wulf grinste.

„Die Wege des Herrn sind manchmal unergründbar."

„Also ist sie es!"

Peter bekam leuchtende Augen.

„Si, Senior!"

Wulfs Antwort erfreute Peters Herz!

Und das so kurz vor der Krise, dachte sich Peter.

Andrasz kam ohne Anklopfen ins Zimmer.

„Ich denke, alle Menschen, die uns am Herzen liegen, sollten wir vorwarnen und vielleicht auch in der Nähe haben."

Das war das Stichwort für Peter. Es gab jetzt für ihn kein Halten!

Er rief „Sie" an!

Nach dem zweiten Läuten war sie am Apparat.

Sie hatte interessanterweise die gleiche Idee gehabt, doch Peter war ihr nur zuvorgekommen. Sie beschlossen, dass sie mit dem Zug kommen sollte und er suchte via Internet auch gleich die beste Bahnverbindung heraus. Der Zug würde nur 1 Stunde brauchen. Er hatte Glück! Sie war gerade bei einer Tante im Allgäu. Noch so ein „Zufall"...!

Peter war völlig verliebt und schwebte nur noch. Ihm schossen tausend Gedanken durch den Kopf. Zuerst die Krise, dann das Seebeben, die Höhle und last but not least, „Sie".

Als Andrasz ihm zu verstehen gab, dass das ihre morgendlichen Pläne durcheinander bringen würde, riet Peter ihnen schon mal vorzugehen um die Höhle zu erkunden.

Peter war kaum noch zu bändigen. Er fragte Else, ob er ihren Jeep nehmen dürfe.

Sie nickte lächelnd.

Freudig nahm er den Autoschlüssel in Empfang und verabschiedete sich.

Andrasz und Wulf beschlossen die Höhle zu erkunden, aber Else und Tony protestierten.

„Wir wollen mit!"

„Wollt ihr allen Ernstes Vicky alleine hier im Haus lassen?" fragte Wulf.

Tony kratzte sich verlegen seinen kurzgeschorenen Kopf.

„Hör auf deine Rübe zu bearbeiten, das hilft uns auch nicht weiter," schmunzelte Wulf in Richtung Tony.

„Ich mach jetzt den Fernseher an um Nachrichten zu schauen," sagte Else.

„Peter sagte was von einem Seebeben bei Japan. Das ist hoffentlich nicht so nahe an Fukushima dran. Mal sehen, was in der Glotze darüber kommt."

Alle scharten sich um den kleinen Fernseher.

Sie hatten Glück. Auf einem Nachrichtensender war es das Thema Nr.1.
Wagemutige Kameramänner hatten atemberaubende Aufnahmen getätigt. Es wurde berichtet, dass dieser Tsunami leicht ganz Japan hätte überfluten können. Es waren aber „nur" die Küstengegenden und die Schäden wuchsen in Milliardenhöhe. Glücklicherweise war Fukushima nicht betroffen. Außerdem hatte es auch China und wieder Südostasien getroffen, diesmal heftiger als beim letzten Tsunami.
Die Regierungen der betroffenen Länder riefen den Notstand daraufhin aus, die Kurse an der Börse in Tokio rutschten sehr schnell ins Bodenlose.

Dann geschah etwas Besonderes! Eine Live Schaltung zur Wallstreet in New York.
Die Börse dort war auch zusammengebrochen, wenige Minuten nach dem Zusammenbruch in Tokio. Die Moderatoren überschlugen sich, dann kam die nächste Live Schaltung nach Frankfurt.
Auch die deutsche Börse kapitulierte. Während der Moderator entsetzt berichtete, lief unten im Bild ein Newsticker. Auch die Börsen in Moskau, London und Paris waren zusammengebrochen.

„Ist ja geil!" rief Tony und sprang auf.

„Was soll das denn bitte schön? Hast du sie noch alle?" empörte sich Else.

„Was ist denn daran bitteschön geil?"

Tony hörte auf zu grinsen und sagte:

„Jetzt hat es endlich die reichen Geldsäcke auch mal erwischt und nicht nur uns kleine Leute.“

„Tony, du weißt doch, was das bedeutet. Das ist der Crash, also der Tag X. Nicht nur denen geht’s beschissen, uns auch. Rachegedanken sind ja wohl das Schlimmste, an was du jetzt denken kannst. Wir sind hier nicht mehr bei der französischen Revolution anno siebzehnhundert Grünkohl.“

Dabei war er aufgestanden.

„Leute, der Ernstfall ist jetzt real!

Der Run auf die Banken geht jetzt los, dann das panikartige Einkaufen und Tanken und dann, wenn es keine Kohle und Versorgungsgüter mehr gibt, werdet ihr feststellen, zu was die Menschen fähig sind. Wenn erst einmal der Mob sein Unwesen treibt, dann können sich die Menschen warm anziehen. Dann ist Schluss mit Lustig!“

Else mischte sich ein.

„Eine freiwillige Person schaut weiter fern und beobachtet das Geschehen und die anderen erkunden die Höhle so schnell es geht, um dann die Vorräte umzulagern. Ich denke, heute sind wir noch sicher hier oben. Wir sollten es so gestalten, dass wir dann ratz fatz in die Höhle verschwinden können.“

Der Vorschlag wurde allgemein mit einem Nicken bestätigt.

Vicky erklärte sich bereit, Essen zu kochen und nebenbei den Fernseher laufen zu lassen, um das Geschehen mit zu verfolgen.

Bläuken wollte ihr dabei helfen, da sie gerne kochte und nicht mehr so gut zu Fuß war.
Die Gruppe folgte Wulf in den Wald, die Anhöhe hinauf. Nach einigen Minuten hatten sie den gestrigen Eingang der Höhle gefunden.

Tony meinte: „Also noch mal möchte ich nicht schwimmen. Ich denke, ich finde den anderen Eingang auch so."

Wulf lächelte.

„Gut, bei Else liegt ein altes Schlauchboot, was ich vorhin zufällig entdeckt habe. Das holen wir und Tony paddelt auf dem Wasser zu dem anderen Eingang und versucht von da aus, nach draußen zu kommen.

„Alles klar," sagte Andrasz und schnappte sich Wulf.

„Du kannst mit Else schon alles vorbereiten, was wir brauchen. Klappspaten nicht vergessen!"

Andrasz und Wulf gingen so schnell es möglich war zurück um das Boot zu holen.

Etwa eine Viertelstunde später waren sie mit dem Boot wieder zur Stelle.

Das Schlauchboot durch die Öffnung zu bekommen und in die Höhle zu bugsieren, dauerte eine geraume Zeit, doch dann war es geschafft!

Außer Tony war nur Wulf mit in die Höhle geklettert.

Wulf hielt das Boot fest, damit Tony einsteigen konnte. Der Klappspaten und eine Taschenlampe bekam er auch mit an Bord.

Dann paddelte er vorsichtig los. Bald war er nicht mehr zu sehen.

Wulf wartete, bis Tony sich akustisch meldete.

„Ich hab es geschafft," rief er von der Ferne.

„Ok," rief Wulf zurück.

„Ich gehe wieder hoch und wir versuchen dich von oben zu orten und dir bei der eventuellen Freilegung des Einganges zu helfen."

Wulf war nach kurzer Zeit wieder oberhalb der Höhle.

Gemeinsam gingen sie in die Richtung, in der Tony zu sein schien und lauschten auf sein Rufen.

Tatsächlich! Da hörten sie seine Stimme.

Wulf war jetzt in seinem Element.

„Wir hören dich, Keule!"

Dann schnappte er sich den zweiten Klappspaten und fing an zu buddeln.

Nach wenigen Minuten war Tonis Stimme viel deutlicher zu hören. „Ich hab´s!" rief Wulf.

„Wir sind durch!"

Jetzt packten Else und Andrasz mit an und räumten Sträucher Reste und was alles so rum lag, zur Seite.

Der Eingang war etwa 1 Meter tief.

Wulf sprang hinab und kam gut unten an.

Er schaute in die Höhle hinein. In etwa 30 Meter Entfernung leuchtete ihn Tony´s Taschenlampe an.

Plötzlich zupfte Wulf jemand am Hosenbein. Es war ziemlich duster in der Höhle.

Wulf knipste seine LED Taschenlampe an und erschrak ein wenig.

Vor ihm stand ein leibhaftiger Zwerg!

„Wer bist du denn?" fragte er ihn.

„Kannst du mich denn sehen?" fragte der Zwerg irritiert.

„Natürlich. Ich kann alle Naturwesen sehen."

Der Zwerg zog seinen Hut und verneigte sich.

„Ich bin Siebelbert und wohne hier in dieser Höhle mit meiner Familie und anderen Zwergen. Wir sind insgesamt 96 Zwerge."
„96 Zwerge?"

Wulf war erstaunt.

„Wo sind 96 Zwerge," fragte Tony, der mittlerweile herbei getreten war.

„Hier in der Höhle," antwortete Wulf.

„Siebelbert hat es mir gerade gesagt."

„Wer ist denn Siebelbert?" fragte Tony.

„Ach, das ist der Zwerg hier neben mir, den du wahrscheinlich nicht sehen kannst."

Tony schaute und kratzte sich am Kopf. Er sah nichts!

Dann trat er an den Eingang der Höhle.

„Wulf hat hier einen Zwerg entdeckt und dieser hat wohl noch 95 Kollegen in der Höhle."

Jetzt bemühten sich Andrasz und danach Else in die Höhle zu kommen.

Beide wollten den Zwerg sehen, sahen aber nichts.

„Ist das unfair," beschwerte sich Else.

„Da lebe ich schon so lange in der Natur in friedlicher Co-Existenz mit ihnen und kann sie immer noch nicht sehen."
„Das kommt noch," meinte Siebelbert, der Zwerg und lachte.

Wulf schmunzelte und sagte ihr, dass es zum richtigen Zeitpunkt käme.

Damit war Else einverstanden.

Wulf hatte plötzlich eine Idee.

„Sag mal mein Freund," sprach er den Zwerg an.

„Bei uns da draußen ist voll die Session im Gange. Wir müssen uns hier einquartieren. Ist das möglich? Wir sind 6-8 Personen und haben unser Futter und was zum Pennen dabei. Können wir uns hier verkriechen, bis der Stress da draußen vorbei ist?"

Siebelbert schaute ihn belustigend an.

„Wenn du wüsstest, wie groß diese Höhle ist, würdest du nicht fragen."

„Heißt das…"

Siebelbert unterbrach ihn.

„Genau, noch größer, sie verzweigt sich dann in viele einzelne Gänge, die zu weiteren Höhlen führen. Ich hörte mal davon, dass ein Vetter von mir von seltsamen Wesen sprach, die er unterwegs traf."

„Wesen? Was für Wesen?" fragte Wulf.
Die anderen verstanden nur Bahnhof, weil in ihren Augen die Unterhaltung sehr einseitig wie ein Monolog verlief.

Siebelbert schmatzte vor Vergnügen und kaute auf einer Wurzel.

„Ja, diese Wesen sollen mehr als doppelt so groß wie du gewesen sein," sagte der etwa 80 cm große Zwerg.

Damit gehörte er im Reich der Zwerge schon zu den Großen.

Er war lustig angezogen. Die Schuhe, die er trug waren viel zu groß und nach vorne hin sehr spitzig. Die Zipfelmütze leuchtete in roter

Farbe, dazu das grüne Wams und eine blaue Hose, die Hochwasser hatte.

Wulf schaute ihn an und musste unwillkürlich schmunzeln, als er die Hose sah, die von Hosenträgern gehalten wurde.

„Die hast du wohl schon seit der Pubertät, oder? Viel zu kurz."

„Ja, leider zu kurz. Aber was ist denn Pubertät?" fragte der Zwerg.

Wulf übersprang die Frage und ging gleich zur nächsten über.

„Ist das Wasser dort trinkbar?"

„Ja, das ist es. Es ist reines Quellwasser aus den Bergen. Besser als das meiste Wasser, was ihr zu euch nehmt."

„Hört, hört!" Wulf war überrascht.

„Woher kennst du unsere Welt?"

„Ich war oft genug draußen und habe auch mit einer Frau Kontakt gehabt, die uns zwar nicht sehen, aber spüren konnte."

„Ah ja," sagte Wulf. „Interessant!"

Er wendete sich um und erklärte seinen Freunden was er erfahren hatte.

„Wir sollten jetzt zurückgehen und die Vorräte hierher schaffen und uns einrichten. Dafür werden wir sicherlich ein paar Stunden brauchen. Peter müsste auch bald zurückkommen, denke ich." Wulf hatte kaum den Satz ausgesprochen, als er schon aus der Höhle ans Tageslicht zurückkehrte. Dann half er den anderen heraus zu kommen und Tony wartete bereits auch schon oben.

War das ein Empfang, als sie zurückkehrten! Wulf musste noch einmal alles erzählen und dann fing Vicky plötzlich an zu weinen.

Sie hatte so viel Leid und Schmerz im TV gesehen, das rührte ihr Herz.

„Ist Peter schon da?" fragte Tony dann Vicky.

„Nein, noch nichts von ihm gehört. Du weißt schon, wer verliebt ist…"

Alle lachten.

Das Telefon läutete. Tony ging an den Apparat.

„Es ist Peter," sagte er.

„Der Zug ist noch nicht da. Er macht sich Sorgen, hoffentlich geht alles gut. Wir sollen auch für „seine Traumfrau" beten, damit sie sicher und heil ankommt. Im Fernsehen war zu sehen, dass alle Busse und Bahnen Verspätungen ohne Ende haben und alles restlos überfüllt ist. Er sagt, er bleibt solange, bis sie kommt und wenn sie erst am St. Nimmerleinstag käme. Peter ist sich sicher, dass es seine große Liebe ist und er das Gefühl hat, sie schon ewig zu kennen."

Else kugelte sich vor Lachen.

„So einen besorgten Kavalier hätte ich auch gerne einmal gehabt."

„Dann musst du nicht so dominant sein und auch mal andere zu Wort kommen lassen," meinte Tony, der sich von ihr unterdrückt fühlte.

Sie fauchte ihn an, lachte aber danach.

„Gut," sagte Else. „Peter hat unsere Telefonnummer. Wir fangen an. Auf geht's Buam und Madels."

Jeder trug so viel er konnte und wollte und nach zwei Stunden war ein großer Teil der Nahrungsmittel und Survival-Utensilien in der Höhle sicher verstaut.

Tony war derjenige, der alles unten in Empfang nahm, während Wulf es ihm anreichte.

Siebelbert der Zwerg verfolgte amüsiert und neugierig mit einigen anderen Zwergen das Geschehen.

„Sag mal Siebelbert, gibt es hier in der Höhle Ton?" fragte ihn Wulf.

„Ja, Ton ist vorhanden. Was hast du denn vor damit?"

„Wir möchten einen Tonofen bauen, damit wir kochen, backen und heizen können."

„Erlaubnis erteilt," sagte der Zwerg mit einem Lachen auf dem Mund.

Wulf erzählte es seinen Freunden und sie fingen an hinter ihm herzugehen. Dieser folgte dem Zwerg zu dem Tonvorrat.
Es erwies sich als recht einfache Arbeit, den Ton abzutragen.
Zusammen mit dem Wasser zeigte sich vor allem Tony als geschickter Tüftler und so nahm der Ofen schon nach wenigen Stunden die ersten Formen an.

Draußen fing es an zu dämmern.

Plötzlich läutete das Handy, das außerhalb des Eingangs so platziert war, das es noch Empfang hatte.
Tony war der Schnellste und hechtete fast nach oben.

„Ja bitte?" sagte er ein wenig aus der Puste.

„Ich bin es," antwortete die Stimme am anderen Ende.

Es war Peter.

„Ich musste „Sie" an einem anderen Bahnhof abholen. War das ein Stress, nichts geht mehr. Beinahe wäre das Auto von Else demoliert worden, wir konnten gerade noch rechtzeitig Fersengeld geben. Hier geht nichts mehr. Ich versuche jetzt irgendwie mich zu Elses Haus durchzuschlagen. Ich melde mich wieder. Tschüss."

Tony ging nach unten und erzählte, was er gerade gehört hatte.

„Das gefällt mir gar nicht," meinte Andrasz.

„Das ist ja wie nach dem Krieg. Ich hab es damals leider live mitbekommen, wo wir flüchten mussten vor den Russen."

„Sieht man dir aber gar nicht an, du siehst noch jünger aus als 70."

Else nickte dabei.

„Den Brotbackaufsatz kann ich aber nicht herstellen. Dafür brauchen wir Schamottesteine."

Tony schaute verzweifelt in die Runde.
„Bleib cool, Baby," sagte sie.

„Bei mir liegen noch einige Schamottesteine im Stall."

„Dann soll das Peter machen, wenn er da ist. Der hat schon öfter Öfen gebaut," meinte Wulf.

„Ich hab den Handlanger dabei gemacht. Ihr kennt doch den Ofen in der oberen Wohnung? Den haben wir zusammen gemacht. Der macht echt lecker warm."

Wulf grinste als er dieses von sich gab.

„Genug rumgeblödelt, weiter geht's. Wir müssen anfangen die Nachtlager vorzubereiten. Ich denke, das ist Frauenarbeit," sagte er ein wenig ironisch.

Vicky, Bläuken und Else schauten sich an.

Sie nickten. Ok, die Mannsbilder hatten schon genug getan.

„Ich hab noch was absolut rares für euch. Wir können schöne Musik und Nachrichten verfolgen. Ich hab doch noch den Weltempfänger. Wenn er hoch genug am Eingang steht, müsste er Empfang haben."

Wulf stellte das Radiogerät so, dass er Empfang hatte und suchte. Einen Sender in Mitteldeutschland wurde empfangen.

„…ist die Lage sehr kritisch. Viele Banken haben aufgrund der besonderen Lage ihre Filialen vorläufig geschlossen. Die Bundeswehr ist zum Teil schon ausgerückt, um die öffentliche Ordnung zu erhalten…" dröhnte es aus dem Radio.

„So weit sind die schon?" seufzte Else.

„Psst!" sagte Tony

„Wir wollen weiter hören."

„…hoffen, die Situation bald wieder in den Griff zu bekommen. In den Großstädten nehmen die Unruhen zu. In Berlin wurde zu einer Krisensitzung zusammen gerufen. Ein Regierungssprecher sprach von einem Zustand, der noch nie dagewesen sei…"

Tony ging zum Radio und drehte am Senderregler.

Plötzlich war eine Kirchenmusik zu hören. Alle lauschten andächtig, denn es war das „Ave Maria" von Bach. Es war wie eine Pause in dem ganzen Chaos.

Wulf hörte plötzlich eine Stimme in seinem Kopf.

„Sei gegrüßt lieber Bruder," sagte die Stimme.

Wulf reagierte sofort.

„Habt ihr eine Durchgabe für uns?" fragte er die Stimme.

„In der Tat, so ist es."

Wulf setzte sich in den Schneidersitz, legte die Hände offen auf die Oberschenkel und schloss seine Augen. Im Geiste hüllte er sich in den Schutzmantel von GOTTVATER ein und ließ sich von seinen Engeln führen.

Laut sprach jetzt die Stimme aus ihm:

„Gott zum Gruß, ihr Lieben!

Wir freuen uns, euch aktuelle Neuigkeiten zu vermitteln. Seid ohne Sorge um eure Freunde. Sie sind wohl behütet und werden in den nächsten Stunden bei euch eintreffen. Das Geschehen, was jetzt im Äußeren auf dieser Welt geschieht, ist die Resonanz auf das, was ausgesandt wurde. Nichts bleibt ungesühnt und ohne Folgen und Gegenreaktion.

Jeder unter euch Menschen, der fest im Glauben ist, wird verschont werden, doch alle Anhänger der dunklen Seite bekommen jetzt ihre verdiente Strafe, was nichts anderes ist, als die Resonanz auf das, was sie ausgesendet hatten. Alles was auf der Lüge basierte und nicht göttlichen Ursprungs ist, bekommt jetzt eine Reinigung. Dieser Ort hier ist geschützt, solange ihr wie gesagt auch fest im Glauben bleibt.

Während dieser Zeit hier, werden wir eure Augen öffnen und euch alles sehen und wahrnehmen lassen, was sonst nur den Eingeweihten erlaubt ist. Aber nur solange, das Vertrauen gegeben ist. Wir halten euch weiter auf dem Laufenden. Gott zum Gruß, Amen, Amen, Amen!"

Else ging in sich und rieb sich die Augen.

Was war denn das? Der Zwerg Siebelbert nahm nach und nach immer mehr Kontur vor ihren Augen an, so wie ein Mensch einen anderen sieht, der durch eine Nebelwand langsam auf ihn zu kommt.

„Ich sehe ihn!" rief sie voller Freude und begrüßte ihn herzlich und schüttelte ihm die Hände.

„Wen denn?" fragte Tony

„Na den Zwerg natürlich!"

Tony schaute ins Nichts. Er konnte ihn nicht sehen.

„Vielleicht kommt es nach und nach," sagte sie zu ihm.

„Habt Geduld, es kommt bei jedem," sagte Wulf.

Tony hatte den Weltempfänger wieder lauter gestellt.

„…sind seit den frühen Morgenstunden die Unruhen in den Ballungsgebieten und Großstädten in vielen europäischen Ländern und vor allem der Ostküste der USA weiter eskaliert und die Ordnungskräfte sind teilweise nicht mehr Herr der Lage. Die Bevölkerung wird aufgerufen, Ruhe zu bewahren und in ihren Häusern zu verbleiben. Das europäische Parlament hat ein Notstandsgipfeltreffen arrangiert, das versuchen wird eine gemeinsame Lösung voranzutreiben…"

Tony unterbrach und sagte darauf: „ja ja, wie immer. Von wegen Herr der Lage, da ist nichts mehr zu machen, jetzt knallt´s und zwar mächtig!"
Darauf entgegnete Wulf sofort: „Wichtig ist jetzt für uns, dass wir untereinander die Ruhe bewahren und zusammenhalten, so wie die Engel es sagten."

Er hielt inne und lauschte. Es wurde „Psalm 48" von den Engeln eingegeben.

„Hat jemand eine Bibel dabei?" fragte er.

Else lächelte.

„Natürlich! Ich habe meine Bibel immer dabei."

Sie reichte sie Wulf.

Er blätterte, bis er Psalm 48 fand.

„Hört gut zu, das soll ich euch vorlesen," sagte er.

„Der Herr ist mächtig! Rühmt ihn in seiner Stadt, preist ihn auf seinem heiligen Berg! Prächtig erhebt sich der Zion, eine Freude für die ganze Welt! Er ist der wahre Gottesberg; dort steht die Stadt des großen Königs. Der Herr erweist sich als ihr Schutz, mehr als ihre Mauern und Türme.

Die Könige rotteten sich zusammen und stürmten gemeinsam gegen die Stadt. Doch was sie sahen, ließ sie erstarren, kopflos vor Angst ergriffen sie die Flucht. Das Zittern kam plötzlich über sie, so wie die Wehen über eine Frau, unabwendbar wie der Ostwind, mit dem Gott die größten Schiffe zerbricht.

Das alles hatte man uns seit langem erzählt; nun haben wir es selbst gesehen in der Stadt, die unserem Gott gehört, dem Herrn der ganzen Welt. Er hat sie für immer fest gegründet.

Im Innern deines Tempels, Gott, feiern wir aufs Neue deine Güte. In der ganzen Welt wirst du gepriesen, bis in die fernsten Winkel reicht dein Ruhm. Du hältst den Frieden in deiner Hand; deswegen herrscht Freude auf dem Zion! Du hast für unser Recht gesorgt; darum jubeln alle Städte in Juda!

Umschreitet den Zion, geht rund um die Stadt, zählt ihre starken Türme, bewundert ihren breiten Wall, betrachtet ihre mächtige Burg! Dann könnt ihr´s euren Kindern weitersagen; Seht doch, so mächtig ist Gott! Er ist unser Gott für alle Zeiten und wird uns immer führen."

Wulf schlug die Bibel zu.

Tief bewegt saßen alle da und sinnierten nach.

„Dieser Psalm ist ein Schutz für den Ort, wo man ist," sagte Wulf.

„Also sind wir jetzt geschützt, oder?" fragte Vicky.

„Ja, so ist es, Süße," antwortete Wulf.

Wo bleibt denn nur Peter mit seiner Freundin?" fragte Andrasz plötzlich.

„Sie werden bestimmt bald da sein" beruhigte Vicky ihn.

Tony und Andrasz begannen, das Lager einzurichten.

„Wo sollen wir eigentlich unsere Notdurft verrichten," warf Bläuken plötzlich in den Raum, da sie nämlich wegen dem vielen, zuvor getrunkenen Tee mal dringend wohin musste.

„Gute Frage!" erwiderte Andrasz und schaute dabei Tony neugierig an.

Wie aus der Pistole geschossen sagte Tony dann: „Tja, da müssen wir wohl in die Ecke machen" und grinste höhnisch dabei.

„Na klasse, so geht´s bestimmt nicht!" meinte Else dazu, die dabei war, eine Art Notküche zu basteln.

„Nee, natürlich nicht, wir gehen dazu halt raus, vor die Höhle, Klopapier und Tücher haben wir ja genug da" sagte der Survival-Erfahrene Tony lapidar dazu.

Wulf holte den Sturmkocher hervor und sagte:
„Sollen wir hiermit Suppe kochen oder ein Lagerfeuer machen, um ein Süppchen zu kochen?"

„Hmmh, gute Frage," sagte Else.

„Ich denke, ein Lagerfeuer wäre das passende dafür. Wer ist denn bereit, freiwillig zum Haus zu gehen, den Rost fürs Kochen zu holen, die fünf Feldbetten zu holen und etwas Stroh und die Schamottesteine für den Weiterbau des Ofens."
Keiner sagte einen Ton.

Schließlich erklärte sich Tony bereit, Else zu folgen. Auch Andrasz und Wulf gingen dann mit. Die beiden Frauen blieben zurück.

Kaum waren sie fort, klingelte das Handy.

Vicky nahm ab. Eine vertraute Stimme war am anderen Ende. Ihre gemeinsame Freundin Britta sprach zu ihr.

„Ich grüße dich, Vicky. Hier ist Britta. Ich habe von der geistigen Welt eine Eingebung bekommen, die ich auch Wulf erzählen soll. Ist er auch da?"

„Nein, wir haben es uns hier im Oberallgäu gemütlich gemacht. Genaue Position möchte ich wegen dem Handy nicht durchgeben."

„Ach, bei dem Chaos weltweit, brauchst du da keine Angst zu haben. Ich bin froh, dass das Handynetz noch funktioniert. Ich rufe wegen folgender Sache an. Also: Ihr seid beschützt, aber bei Peter und seiner neuen Freundin gibt es Komplikationen. Sie sind getrennt worden."

„Woher kennst du sie denn?"

„Na von Wulf, natürlich. Er hatte mir erzählt, dass Peter schon sein ganzes Leben auf seine Traumfrau wartet. Jedenfalls sind sie getrennt worden. Sie ist in Österreich hinter der Grenze und er auf der deutschen Seite. Die Grenzen sind dicht. Da wird er ganz schön kämpfen müssen, um zu ihr zu gelangen."

„Heißt das, er kommt sobald nicht wieder?" fragte Vicky.

„Das liegt an ihm. Er kann dort bleiben und irgendwie versuchen, sie zu finden oder er resigniert und kommt zu euch. Die Entscheidung liegt bei ihm."

„Was glaubst du, was er macht?"

„Das hängt von seinem Mut ab. Bedenke, dass die Grenze zu ist und erst einmal bleibt."

„Wie ich Peter kenne, kämpft er wenn er eine große Ungerechtigkeit in der ganzen Sache sieht. Dann kann er zum Löwen werden und seine Krallen zeigen."

Vicky sagte dieses mit einer Überzeugung in der Stimme.

„Gut, liebe Vicky, ich weiß nicht, wie lange das Telefonnetz noch aufrecht erhalten bleibt, deshalb gebe ich dir schnell die zweite Botschaft durch. Also, wir sind hier geschützt, genauso wie weltweit alle Menschen geschützt sind, die fest im Glauben an Gott sind."

„Genauso hat es Wulf vorhin auch gesagt," fiel ihr Vicky ins Wort.

„Eben drum," sagte Britta.

„Also macht euch keine Gedanken um uns. Alles wird gut und der Vater rettet jeden, der fest an ihn glaubt, wenn es der Weg dieser Person ist."

„Das heißt," sagte Vicky, „alle Menschen deren Schicksal oder Karma jetzt ist, zu sterben, werden es auch tun, oder?"

„So ist es. Aber es gibt ja eigentlich kein Sterben. Man legt nur die körperliche Hülle ab und die Seele geht zurück in die geistigen Gefilde, so einfach geht das."

„Doch eine Botschaft hab ich speziell für deinen Mann Wulf. Ob er will oder nicht, er hat nach diesem Ausgang eine Rolle zu übernehmen, vor der er sich bisher immer gedrückt hatte. Was es ist, wird er dann schon sehen. Sag ihm das bitte."

„Meinst du, er freut sich darüber?" fragte Vicky.

„Freuen bestimmt nicht, weil es mit sehr, sehr viel Verantwortung zu tun haben wird. Aber er hat vor dieser Inkarnation sein Ja-Wort dazu gegeben und dann darf er auch dazu stehen."

„Weißt du, was es ist?"

„Natürlich, liebe Vicky, aber ich darf es dir nicht sagen, du könntest dich verplappern und es würde dich vielleicht belasten."

„Also was Schlimmes?" Vicky war schon voller Sorge um ihren Wulf.

„Nein, nichts Schlimmes. Was Wunderschönes, aber auch etwas mit einer Riesenverantwortung. So Basta! Mehr sag ich dazu nicht."
„Gut, liebe Grüße, Britta. Bis bald."

„Ja, bis bald, es gibt ein Wiedersehen. Gott zum Gruß!"

Dann legte sie auf. Vicky hatte auf einmal gemischte Gefühle in ihrem Bauch.

Sie erzählte Bläuken das Wichtigste und die beiden Frauen setzten sich demütig nieder und beteten.

6. Die Grenze schließt sich:

Peter fühlte sich wie im siebten Himmel, trotz der angespannten Lage.
Jeden Moment musste der Zug eintreffen.

Eine Durchsage erfolgte über den Lautsprecher auf dem Bahnsteig:

„Alle Züge aus Richtung Österreich verspäten sich auf unbestimmte Zeit oder wurden abgesagt."

Peter durchlief ein kalter Schauer, der ihm durch Mark und Bein ging.

Das durfte doch wohl nicht wahr sein!

Er holte das Handy heraus und rief sie an.

Glücklicherweise funktionierte das Mobil Netz noch.

„Sie" war sofort am Telefon.

„Das war ja schon wieder Gedankenübertragung," sagte sie.

„Gerade wollte ich dich anrufen. Stell dir vor, die Grenze nach Deutschland ist dicht! Ich komme nicht durch! Obwohl ich dich ja eigentlich nicht kenne, jedenfalls nicht persönlich, bist du mir schon so vertraut geworden, dass es mir schier das Herz zerreist, wenn ich dich nicht sehen sollte, um dich in die Arme zu schließen."
Peter war überwältigt von diesem Gefühlsschwall, der durch das kleine Handy zu ihm herüber drang.

„Ich hole dich und wenn ich mir zu Fuß einen Weg bahnen muss. Ich versuche über die Grenze ins Oberjoch zu dir durchzudringen. Versuche zu der roten Kapelle durchzukommen. Die ist bekannt wie ein bunter Hund. Dort in der Nähe, sind Schleichwege, wo wir hoffentlich nach Deutschland kommen."

„Ich warte dort auf dich, Peter," hauchte sie liebevoll ins Telefon.

Dann war die Leitung unterbrochen.

Peter schimpfte. Er wollte gerade ein liebes Wort erwidern, aber das war höhere Gewalt.

Er schaute im Jeep auf die Tankanzeige. Sie zeigte mehr als ¾ voll. Das genügte vollauf.

Er wendete den Jeep und fuhr mit hoher Geschwindigkeit los. Einige Male musste er Passanten ausweichen und geriet beinahe ins Schleudern, weil diese bei ihm mitfahren wollten. Unter normalen Umständen hätte er Anhalter sicherlich mitgenommen, aber bei dieser Ausnahmesituation war es ihm zu heikel.

50 Minuten später hatte er mit viel Glück und unter Umgehung der Hauptstrassen die Serpentinen erreicht, wo es hinauf zum Oberjoch ging. Doch schon hinter der vierten Serpentine war Schluss. Vor ihm standen zwei Autos quer über die Strasse. Er kam nicht weiter. Peter unterdrückte einen Fluch und überlegte, was er jetzt machen könnte.

Da hatte er eine Idee!

Er stieg aus und schaute vorsichtig in alle Richtungen. Niemand war zu sehen. Er versuchte die Fahrertür des ersten Autos zu öffnen, welches vor ihm stand. Prima! Sie war nicht verschlossen. Er setzte sich hinein und löste die Handbremse und trat auf die Kupplung. Der Wagen rollte vorwärts auf die Absperrung zu. Peter trat auf die Kupplung und zog die Handbremse an. Ein Wagen, der im Weg stand war weggeräumt.

Er hoffte inständig, dass das zweite Auto auch so leicht zu versetzen war.

Leider hatte er hier Pech! Alle Türen waren verschlossen.

Nun, dann muss höhere Gewalt sein. Er nahm vom Abhang einen gewaltigen Stein und schmetterte ihn auf die Seitenscheibe des japanischen Autos. Es klirrte und Glas splitterte. Die Scheibe ging zu

Bruch! Aber auch die Alarmanlage des Autos wurde dadurch ausgelöst.

Peter griff schnell hinein, öffnete die Tür, sprang ans Steuer und ließ den Wagen ebenfalls vorwärts rollen, aber in die andere Richtung.

Der Weg war frei.

Er stürzte zurück zum Jeep und fuhr vorsichtig an den beiden Autos vorbei.
Die ganze Sache hatte ihn doch merklich aufgeregt.

Er griff in die Hosentasche und holte ein Eukalyptusbonbon hervor. Er öffnete es und steckte es in den Mund. Ja, das tat gut! Das beruhigte ihn sofort!

Er schaltete das Autoradio ein. Else hatte eine Musikkassette laufen mit klassischer Musik. Er kannte das Stück. Es war von Vivaldi.

Peter summte bei den „Vier Jahreszeiten" mit.

Die oberste Serpentine auf deutscher Seite war fast erreicht, da blockierte ein umgestürzter Baumstamm die Strasse.

Peter musste wieder einen heftigen Fluch unterdrücken.

Hatte Else nicht mal gesagt, wie stolz sie auf die Seilwinde am Jeep war?

Das war doch die Lösung! Behände sprang Peter aus dem Auto und schaute nach. Tatsächlich! Dort war eine Seilwinde dran.

Schmerzhaft vermisste er jetzt seine Handschuhe. Die Finger waren schon ganz klamm.
Er schaute in den Kasten, den Else hinten im Fond hatte. Er ließ sich öffnen.

Sein Jubel kannte keine Grenzen!

Ein paar Arbeitshandschuhe lagen dort!

Und das Beste war: Sie passten wie angegossen!

Vergnügt pfiff er ein Lied, das ihm spontan einfiel vor sich hin, trotz der Minusgrade, die hier auf über 1500 Meter Höhe herrschten. Er war heil froh gewesen, dass Else gute Winterreifen und Allradantrieb hatte.

Er befestigte den Haken der Winde an dem Baumstamm und zog dann stückchenweise den Baum aus dem Weg.

Nassgeschwitzt vor Sorge um seine „Traumfrau" fuhr er dann vorsichtig weiter und die Strasse den Pass hinunter Richtung Österreich.

Kurz vor der Grenze versteckte er den Wagen im Wald auf einem Parkplatz, der etwas abseits lag. Er verschloss den Wagen gut und bat die geistige Welt, auf ihn aufzupassen.

Dann setzte er seinen Fußmarsch quer durch den Wald fort.

Bis zu der roten Kapelle waren es etwa 3 km.

Er schätzte, dass er etwa 90 Minuten mindestens brauchen würde.

Da der Mond schien und der Wald hier nicht so dicht war, konnte er die Batterien der Taschenlampe sparen.

Innerlich voller Freude half ihm dieses, die Strapazen dieses mühsamen Marsches gut zu überstehen.

Hin und wieder orientierte er sich, ob die Richtung stimmte und schaute auf seinen Taschenkompass, den er seit dem Survival-Shop Einkauf ständig bei sich trug.

Den Flachmann mit dem Notschnaps tastete er noch nicht an, obwohl er schon ziemlich durchgefroren war.

Er musste schmunzeln, als er die Aluminiumflasche zu sich nahm. Wulf hatte jedem schon seit langem eingetrichtert, wie wichtig eine Kirschwasser-Himalayasalz-Mischung für den Körper in

Krisensituationen oder zur Entgiftung und Heilung ist. Das Rezept hatte Vicky von einem alten Mann überliefert bekommen. Einfach eine Flasche 40%iges Kirschwasser nehmen und einen Esslöffel Himalayasalz oder gutes Kristallsalz da drin auflösen und durchschütteln.

Dieses Mittel hilft gegen fast jedes Wehwehchen innerlich und äußerlich.

In der Ferne sah er jetzt die rote Kapelle.

Da dachte er, ihm gefrieren die Eingeweide an.

In etwa 50 Meter Entfernung stand ein Trupp bewaffneter Soldaten...

7. Das Höhlenleben beginnt:

Schwer bepackt kehrten sie zur Höhle zurück.

Dies war schon die dritte Tour und allmählich wurde es für sie zur Tortur.

Alles war nun vorhanden.

Vicky hatte aus der Umgebung fleißig Holz und Anmachholz gesammelt und das wärmende Feuer brannte knisternd vor sich hin.

Es war ein wenig Lagerfeuer Atmosphäre vorhanden.

Wulf riet ihnen, möglichst leise zu sein, man konnte ja nie wissen.

Else machte ihren Spitznamen alle Ehre und zauberte mit Hilfe von Vicky und Bläuken eine wunderbare, schmackhafte Suppe.

Dazu gab es selbstgebackenes Steinofenbrot mit Butter und Käse. Wer weiß, wie lange das noch möglich war.

„Ich habe von Britta erfahren, dass Peter und seine Traumfrau getrennt sind. Stellt euch vor, die Grenze nach Österreich ist zu und wird vom Militär bemacht. Stell euch das mal vor! Alle Grenzen in Europa sind dicht! Das gab es so extrem schon lange nicht mehr!"

Vicky konnte kaum Luft holen, so sehr hingen alle an ihren Lippen, um weitere Neuigkeiten zu erfahren.

„Also, es geht weiter. Die beiden haben erst einmal mit sich zu tun, um zusammen zu kommen. Wir müssen erst einmal ohne sie zurechtkommen. Wulf und Tony sollten versuchen, den Brotbackofen provisorisch zu bauen. Sie sollten heute noch anfangen, das Licht des Feuers ist noch recht hell und die paar Brote halten nicht lange."

Wulf nickte seiner Frau zu und nahm ein paar Schamottesteine in die Hand.

Wulf und Tony holten etwas von der Ton- und Lehmmischung, welche ihnen der Zwerg vorhin gezeigt hatte.

Das zog sich die nächsten zwei Stunden hin.

Es war keine Schönheit, aber improvisieren in der Not tat gut.

„Haben wir doch gut „macgyvert", oder?" scherzte Wulf in Anspielung auf einen seiner Helden in den 80er Jahren.

„Passt schon," antwortete Andrasz.

„Morgen können wir ihn vielleicht schon benutzen," sagte Tony und stolz streckte er seine Brust hervor.

„Alter Angeber," murmelte Else nur.

„Jetzt werden die Schlaflager eingerichtet. Leider haben wir ein Feldbett zu wenig.

Alle schauten auf den Survival-erfahreren Tony. Dieser lächelte alle an.

„Ok, bevor wir losen müssen, schlafe ich freiwillig mit Thermomatte und Schlafsack auf der Erde."

„Tony, ich hab eine Überraschung für dich," strahlte ihn Andrasz an. „Was denn?" fragte er neugierig.

„Draußen liegt noch etwas von dem mitgebrachten Stroh, was du eventuell noch als Unterlage gegen die Kälte des Bodens nutzen kannst."

Tony verneigte sich, sichtlich dankbar für dieses Geschenk.

Sie setzten sich wie im germanischen Thing um das Feuer und jeder sprach der Reihe nach ein Dankesgebet so laut, das es alle hörten.

„So ein Thing sollte man öfter machen," sprach Wulf.

„Was ist ein Thing?" wollte Bläuken wissen.

Andrasz wollte gerade damit herausplatzen, doch Else`s Zunge war schneller.

„Ein Thing gab es bei den Germanen und den Wikingern. Ein Beispiel ist übrigens die Gemeinde Unterthingau, wo ich früher mal gewohnt habe und mich die Herkunft des Namens interessiert hatte. Also ein Thing ist ein Versammlungsort, wo die Leute des Clans oder Dorfes sich trafen und Entscheidungen fällten. Das ist die einfache Antwort dazu."

„Ah ja, also so was wie die Tafelrunde bei König Artus, gell?"

Alle lachten, über diese Anekdote von Tony.

„Schaut mal nach links, wer da kommt," ereiferte sich Else plötzlich.

Alle schauten nach links. Dort war eine Horde Zwerge im Anmarsch.

Mittlerweile waren sie für alle sichtbar und schauten dementsprechend überrascht dorthin.

Siebelbert hatte seinen ganzen Clan mitgebracht.

Sie stellten sich um die Gruppe herum, nahmen sich bei der Hand und begannen zu tanzen.

Jetzt stimmten sie zum Erstaunen und zur Freude der anderen ein lustiges Liedlein ein.

„Zwerge, Zwerge, Zwergelein,
wunderschön ist der Sonnenschein.
Wenn wir arbeiten unter Tag,
trotz allem immer die Sonne mag

Lust´ge Gesellen sind wir gar sehr,
fröhlich, emsig hin und her.

Aber Elfen, Feen und Zwergelein

Lieben immer den Sonnenschein
Bei Regenwetter sind wir ganz flugs
verschwunden wie ein Luchs."

Dann alberten sie noch herum wie kleine Kinder und tanzen
ausgelassen, indem sie ihre Beinchen schwingen ließen. Plötzlich
stoppten sie abrupt und gingen in die Knie vor Demut.
Wulf spürte auch die Präsenz eines hohen Engels.

Dort stand er in leuchtendem Weiß!

Seine Aura, die ihn umgab, war wunderschön!

„Ich grüße euch, Kinder des Lichts!" sprach er würdevoll.

„Es freut uns, in der geistigen Welt dass ihr so fleißig den
Anregungen von uns gefolgt seid und euch bemüht, den Frieden im
Herzen zu bewahren. Ich teile euch hiermit die frohe Botschaft mit,
dass ganz viele Helferengel bei allen Lebensformen sind, die fest im
Glauben und im Vertrauen zu Gottvater sind. Solange ihr dieses
aufrechterhalten könnt, ist der göttliche Schutz allgegenwärtig.
Vergesst dieses nicht. Ich grüße euch von all euren Schutzengeln, die
um euch sind und auch jederzeit zur Seite stehen, wenn es nötig ist.
Die Freundschaft zum Zwergenreich ist in vollem Gange und
deshalb wird der Kontakt zur Naturwelt noch weiter ausgebaut.
Amen! Amen! Amen!"

Dann löste sich die Erscheinung des Engels auf.

Vicky fasste sich als erste.

„Oh wie wunderschön! Wer war denn das?"

„Jedenfalls ein hoher Engel," sagte Wulf voller Ehrfurcht.

Nach einiger Zeit verabschiedeten sich die Zwerge, weil die Gruppe
beschloss, schlafen zu gehen, schließlich war es ein sehr aufregender
Tag, gepaart mit Abenteuern und vielen Strapazen. Alle gingen noch
ihren Gedanken nach und daraufhin schlummerten sie doch ein.

8. Der nächste Morgen:

Tony war der erste, der wach wurde. Sein Kreuz schmerzte. Er stand auf und schaute sich um.

Das Feuer glimmte noch etwas. Rasch legte er Holz nach. Er dankte Else im Nachhinein, dass sie geistesgegenwärtig drei Briketts noch ins Feuer gelegt hatte.

Trotzdem war es sehr kühl.

Er rang mit sich, ob er ein kühles Bad nehmen sollte, doch er entschied sich für die Katzenwäsche.

Lustig pfiff er ein Liedchen vor sich hin, dessen Melodie ihm plötzlich im Ohr war.

Else reckte sich.

„Sei doch nicht so laut am frühen Morgen," sagte sie halb schlafend.

„Wie spät ist es eigentlich?"

Tony grinste trotz seines schmerzenden Rückens.

„Die richtige Zeit zum Aufstehen."

Auch Wulf und Vicky reckten sich.

Andrasz ließ plötzlich einen Gähner von sich, der alle restlos weckte.

Sie beschlossen, erst einmal das Radio anzumachen.

Der Empfang war gestört, sie bekamen keinen vernünftigen Sender.

„Mist!" schimpfte Tony.

„Ok, erstmal frühstücken und dann gehe ich zu meinem Haus. Risiko hin oder her, ich will wissen, woran ich bin. Das Risiko gehe ich ein. Basta!" Else hatte gesprochen!

„Ich komme mit," meinte Andrasz.

„Ich auch. Sollen wir alle gehen?" fragte Bläuken zaghaft.

„Hmmh, gute Frage. Wir rufen die Zwerge, vielleicht können die etwas dazu sagen," antwortete Wulf.

Doch dazu kam es erst gar nicht.
Ein weiblicher Engel mit einem wunderschönen Antlitz manifestierte sich wie aus dem Nichts.

„Gott zum Gruß, ihr Lieben!
Wir möchten euch beglückwünschen zu eurer Probenacht. Ihr habt den Test gut bestanden. Ihr seid für den Ernstfall gerüstet."

Andrasz unterbrach den Engel unhöflicherweise.
„Wie Probenacht und Test?" fragte er.
„Lass mich bitte ausreden, es ist unhöflich, jemanden zu unterbrechen. Hört bitte genau hin, denn diese Botschaft ist sehr wichtig, deshalb prägt sie euch genau ein."

Alle lauschten jetzt gebannt, was ihnen der Engel sagte.

„Die Lage auf der Erde ist ernst, aber nicht so schlimm, das ein Krieg droht oder ein nuklearer Holocaust. Sicherlich sind die Systeme zusammengebrochen, die euch eine heile Welt vorgaukelten. Im Augenblick ist es weltweit nicht möglich mit Geld einzukaufen. Nur illegale Geschäfte und der Schwarzmarkt blühen. Es wird der Tauschhandel eine feste Größe in eurem Leben einnehmen. Ihr werdet feststellen, nachdem die gewohnte Wirtschaft komplett zum Erliegen gekommen ist, wie sehr ihr Menschen doch von diesen kleinen bedruckten Scheinen abhängig ward. In Bälde, wird jede Währung akzeptiert werden, in der Gold und Silber in Anteilen vorhanden ist. Wenn ihr also noch alte Münzen irgendwo habt, sind diese ein legitimes Tauschmittel in der kommenden Zeit. Papiergeld verliert den totalen Wert. Einige eurer schlauen Köpfe,

die es gut mit den Menschen meinen, werden versuchen, das Freigeld wieder einzuführen, was nichts anderes bedeutet, das der Umlauf und der Wert gesichert ist, da das Freigeld ein Verfalldatum hat, wenn es nicht weiter im Umlauf bleibt. Es muss endlich Schluss sein mit dem Zinswucher und dem horten und der Verarmung der Massen aufgrund der Gier von wenigen, skrupellosen Menschen, die der dunklen Seite ihre Seele symbolisch verkauft haben. Es war sehr weise, auf die Eingebungen zu hören und euch Vorräte zuzulegen. Dieser Platz ist auch ideal. Ihr dürft aber gleich wieder in Elses Haus zurückkehren und dort solange verweilen und weiter vorbereiten, bis die Situation es nicht mehr zulässt. Dann könnt ihr problemlos und schnell in diese Höhle zurückkehren. Natürlich sind wir immer bei euch, wie bei allen anderen Menschen auch, die fest im Glauben sind und das absolute Gottvertrauen haben. Gott zum Gruß.
Amen, Amen, Amen!"

Der Engel lächelte noch einmal und löste sich dann genauso schnell auf, wie er gekommen war.

Es herrschte noch kurze Zeit Schweigen, dann wurde es unruhig.

Eine allgemeine Aufbruchstimmung herrschte jetzt.

Tony war der erste, der die Höhle verließ. Seine Rückenschmerzen waren auf wundersame Weise verschwunden. Er schaute sich um und als er meinte, dass sie unbeobachtet waren, gab er den anderen ein Zeichen und sie verließen der Reihe nach die Höhle.

Bei Elses Haus angekommen, stellten sie fest, dass alles unberührt war. Niemand hatte sich in ihrer Abwesenheit hierhin verirrt.

Das Anwesen lag aber auch sehr hoch, versteckt und einsam und war auf keiner der ortsansässigen Karten verzeichnet. Darauf hatte Else großen Wert beim Kauf gelegt.

Wulf ging zum Notebook von Else. Es ließ sich anschalten. Auch der Internet Zugang funktionierte noch. Also war es doch noch nicht so schlimm. Er rief alle Mails ab. Es waren 45 Stück! So viele Mails hatte er selten bekommen. Die meisten waren eine Resonanz auf die Mail, die Peter als Warnung verschickt hatte.

Wulf vertiefte sich in die eine oder andere Mail.

Dann lächelte er auf einmal und ging ins Wohnzimmer.

„Gute Nachricht! Ich habe gerade die e-Mails durchgesehen. Ein Paul Genius schrieb der Else, dass er ein Solar Ladegerät mit richtig viel Power gebaut hatte und jetzt erfolgreich im Einsatz hat."

„Wo wohnt dieser Paul denn?" fragte Tony

„Aber das ist doch Freak, den kennst du doch," sagte Else zu ihm.

„Ach Freak meinst du, ich wusste nicht, dass der Paul Genius heißt."

„Na ja, Freak ist ja auch nur sein Spitzname."
„Und wo wohnt dieser Freak?" fragte Vicky.
„Hier und dort. Er ist wie Tony so ne Art Weltenbummler und zockelt mit seinem alten Auto durch die Lande."

Elke schaute dabei in die Runde, als sie das sagte.

„Heißt das, er hat Internetzugang im Auto?"

„Das nicht, aber er kennt tausend Leute wo er seine e-Mails abrufen kann."

„Sag ihm, er kann zu uns kommen. Hat er Handy? Seine Erfindung würde ich gerne mal sehen," sagte Andrasz und rieb sich die Hände.

„Wir haben ein Codewort dafür. Es heißt „Hund". Wenn ich also möchte, dass er kommt und er wieder mal was Sensationelles gebaut hat, bitte ich ihn, seinen „Hund" mitzubringen."

„Cool, Elke," sagte Wulf.

Tony griff zum Handy. Er hatte auch in seinem Notizbuch die Handynummer von Freak stehen.

Er wählte die Nummer. Leider war der Anschluss tot. Die Nummer war nicht mehr gültig.

„Ärgerlich, die Nummer gilt nicht mehr."

Tony war traurig.

„Bleib ruhig, Tony. Wir schicken ihm ne Tüte Mehl, wie man so schön sagt."

Elke lachte.

„Tüte Mehl? Ägypten, Rembrand, in der Wüste?" fragte Andrasz irritiert.

„Tüte Mehl ist Jugendslang für ne E-Mail," antwortete Elke.
„Ach so, alles palletti in Palermo," antwortete Andrasz und bemühte sich lustig zu antworten.

Wulf schickte Freak folgende Mail:

„Hoschi, komm mit deinem Hund zu mir. ASAP.
As soon as possible."

Wulf schmunzelte. ASAP. Es bedeutet „as soon as possible", also: „so schnell wie möglich" Das würde er wohl verstehen.

Er freute sich, den Tüftler wieder zu sehen, den er bestimmt 18 Monate nicht mehr gesehen hatte.

Freak bastelte an allem herum, was er in die Finger bekam. Mal zum Leidwesen, mal zur Freude.

Plötzlich gab das Notebook ein bekanntes Geräusch von sich.

„Da ist ne Mail für mich gekommen," grinste Else.

Wulf sprang sofort hin.

„Jepp, Freak hat geantwortet. Er sagt, er schneit heute vorbei."

Wulf schaute Andrasz an, der plötzlich die Augen verdrehte und das Gleichgewicht verlor und wie ein nasser Sack zu Boden fiel.

„Schnell helft ihn aufheben und auf die Couch legen, „ meinte Tony, der auch eine gute Erste Hilfe Ausbildung hatte.

Andrasz, der mit seinen 185 cm Größe und 100 kg Lebendgewicht alles andere als leicht war, wurde behutsam auf die Couch gebettet.

Tony legte ein Kissen unter die Beine.

„Das ist Unterzuckerung," sagte Bläuken.

„Das hat er ab und zu. Er braucht jetzt dringend Traubenzucker, der geht direkt ins Blut."

Elke nickte und lief in die Küche. Sie hatte eine Packung von hochwertigem Traubenzucker aus dem Reformhaus für Notfälle da.

„Nein, wir müssen es ihm intravenös eingeben," sagte Tony und holte seinen Verbandskasten.

„Sag nicht, du hast da Spritzen drin und dergleichen," warf Wulf ein.

„Freilich, ich bin bestens ausgestattet. Das haben wir gleich."

Tony zog die Spritze auf und injizierte ihm die Lösung direkt in die Blutbahn.

Die Spritze wirkte sehr schnell.

Schon nach wenigen Minuten schlug Andrasz die Augen wieder auf.

„Was ist passiert?" fragte er.

„Du bist umgefallen wie ein nasser Sack, „sagte seine Frau und schaute ihn dabei ernst an.

„Das nächste Mal, wenn du Anzeichen für eine Unterzuckerung spürst, sagst du gefälligst Bescheid. Du hast mir einen ganz schönen Schrecken eingejagt."

Andrasz, der ja als Heilpraktiker bis zu seiner Rente praktizierte, lief leicht rot an. Er war wirklich sehr leichtsinnig mit seiner Gesundheit umgegangen.

„`tschuldigung!" stammelte er.

Dann setzte er wieder sein jugendliches Bubi Lächeln auf.

„Hat noch jemand Probleme mit Unterzucker oder anderen chronischen oder gefährlichen Krankheiten?" fragte Wulf in die Runde.

„Ich esse gerne und viel, aber das wisst ihr ja," schmunzelte Elke.

„Aber – natürlich nur gesundes Zeugs!" lachte sie.

Da keiner mehr etwas sagte, warf Wulf ein:

„Ich glaube, viele Fleischesser würden Vegetarier werden wie wir, wenn sie die Tiere selber fangen, schlachten und ausnehmen müssten."

Vicky nickte.

„Oh wie war!"

Else stand auf und ging zum Fernseher.

Der Nachrichtensender, den sie auf Kanal 3 der Fernbedienung programmiert hatte, zeigte gerade Ausschreitungen und Plünderungen von Geschäften im nahen Osten.

„Ah, da geht's schon derbe zur Sache," meinte Tony.

„Naja im arabischen Raum kann man die Leute nicht so lange hinhalten und sie sind viel fanatischer als wir Mitteleuropäer, obwohl in unseren Breiten auch schon viele Migranten sind. Die werden sich das auch nicht lange ansehen. Die haben Hunger und Durst!"

Else holte Luft und wollte gerade weiter sprechen, als der Newsticker, der unten durchs Bild lief, folgende neue Nachricht brachte:

Eine weitere Naturkatastrophe hatte sich ereignet.

Ein riesiger Eisberg in der Arktis von der Größe des Saarlandes hatte sich gelöst und damit eine große Flutwelle ausgelöst!

Wie groß letztendlich die Flutwelle werden würde und wer davon betroffen war, stand zum augenblicklichen Zeitpunkt noch nicht fest.

„Eine Flutwelle kommt so sicher wie das Amen in der Kirche," meinte Andrasz.

„Ja, aber wohin?" fragte Vicky.
„Meinst du, auch Deutschland ist in Gefahr?"

Dabei schaute sie etwas ängstlich Wulf an.

„Ich hab da mal ne Doku im Fernsehen gesehen," meinte Else.

„Da hatte so ein Eisberg durch die Größe eines etwas kleineren Gebietes solch eine Flutwelle erzeugt, dass weltweit der Meeresspiegel stieg und Hamburg unter Wasser gestanden hätte. Und der Eisberg war kleiner als unser realer hier. Kann sein, dass jetzt die Prophezeiung eintrifft, in der Norddeutschland unter Wasser steht. Auch könnte ich mir vorstellen, dass die Welle von der Nordsee in die Ostsee hinüberschwappt und so auch die Städte am Ostseeufer ebenfalls unter Wasser stehen können."

„Alan!" rief Wulf plötzlich.

„Mein Sohn ist da oben! Ich muss ihn retten!"

Alle schauten Wulf an.

„Mein Sohn wohnt an der Ostsee mit seiner Mutter. Ich muss ihn warnen. Hoffentlich ist es noch nicht zu spät. Wie lange glaubst du, Else, braucht die Welle, bis sie Deutschland erreicht?"

„Hmmh, schwer zu sagen. Damals in der Doku waren es glaub ich 3-4 Tage. Rechne jetzt mal mit 2-3 Tagen, das ist wohl realistisch."

„Und wenn die Welle gar nicht in die Nordsee kommt, sondern woanders hingeht?" fragte Bläuken.

Tony mischte sich jetzt ein.

„Wenn so ein gigantisch großer Eisberg sich löst, wird weltweit Holland in Not sein, was heißen soll, dass dann alle Länder Probleme mit Hochwasser bekommen, die an irgendwelche Meereszugängen wohnen und darüber hinaus. Halt! Da kommt wieder eine neue Warnung im TV."

Sie schauten auf den Bildschirm.

Der Nachrichtensprecher rückte seine Krawatte zurecht. Man merkte ihm seine Nervosität an.

„Meine Damen und Herren, wie wir soeben aus gutunterrichteten Kreisen erfuhren, hat sich ein Eisberg von der Größe des Saarlandes sich in der Arktis gelöst. Durch den Druck des Aufpralls und das Untertauchen im Meer ist eine gigantisch große Flutwelle entstanden, die jetzt auch auf Europa zu treibt.

Unsere besten Wissenschaftler errechneten, dass sie in etwa 3 Tagen in der Nordsee eintreffen wird.

Für Hamburg und die ganze Nordseeküste wird eine Evakuierung eingeleitet. Man rechnet damit, dass die Dämme nicht halten. Gegen diese kommende Flutwelle wird die große Flut von 1962 wie eine harmlose leichte Überschwemmung sein. Meine Damen und Herren, mehr können wir ihnen in diesem Moment leider nicht mitteilen, aber ein Überwachungssatellit ist ab sofort auf die Flutwelle gerichtet, so dass wir sie regelmäßig über den aktuellen Stand unterrichten können."

Tony schaltete um.

„Vielleicht kommt auf einem anderen Kanal etwas Besseres zur Aufklärung."

Als könnte er hellsehen, war auf Kanal 4 ein Prediger zu sehen.

„…jetzt ist es soweit, das große Strafgericht Gottes hat begonnen. Nur wer rein und ohne Sünde ist, wird vom Herrn errettet werden. Betet und tut Sühne. Lasst ab von allen Sünden, nur so könnt ihr ins das Himmelreich Gottes kommen…"

Else war es zu viel.

Sie nahm Tony die Fernbedienung aus der Hand und schaltete um.

„Weltuntergangsprediger muss ich jetzt wirklich nicht hören. Ich schalte mal einen anderen Nachrichtenkanal an," sagte sie.

Es waren Live Aufnahmen aus Japan zu sehen. Schreiende Menschen und zusammenstürzende Häuser und überall Überschwemmungen.

„Kommt jetzt das Strafgericht Gottes? Ist jetzt die Apokalypse angebrochen, von der Johannes in der Bibel spricht?" fragte Bläuken etwas ängstlich.

„Nein." Dieses sagte Wulf mit fester Stimme.

„Habt ihr vergessen, was die Engel uns gesagt haben? Wir sollen fest im Glauben bleiben und ein absolutes Gottvertrauen bewahren. Alle Menschen, die dieses bewerkstelligen, sind geschützt, egal wo sie sind."

„Schön und gut, Wulf," antwortete Else,

„aber hast du dir nicht gerade Sorgen um deinen Sohn Alan gemacht?"

„Ich möchte ihn warnen und wenn es geht auch dort herausholen. Das ist doch eine normale Reaktion als Vater, oder?"

Man nickte ihm einstimmig zu.

„Gut, ich rufe ihn an. Mal sehen, ob er daheim ist."

Wulf nahm das Telefon und wählte auswendig die Nummer wo seine Exfrau und sein Sohn wohnten.

Niemand hob ab. Nach sechsmaligem Läuten ging der Anrufbeantworter an. Wulf hörte ihn an und sprach dann auf Band.

„Hallo Alan, hier ist Papa. Wenn du dieses hörst, ruf mich bitte zurück auf dem Notfall Handy. Die Nummer hast du ja. Eine riesige Flutwelle kommt auf euch zu. Ihr müsst dort weg. Ich hab dich lieb, mein Sohn, dein Papa."

Dann legte er auf.

Wulf setzte sich in den Schneidersitz und faltete die Hände zum Gebet.

Die anderen taten es ihm nach.

Plötzlich wurde es andächtig still.

„Lieber Gott," begann Wulf zu beten,

„ich bitte dich, alle Menschen zu retten und zu verschonen, die an dich glauben und das diese Krise schnell überstanden ist. Außerdem bete ich noch für meinen Sohn Alan, meine Verwandten und alle Verwandten aller Freunde hier. Wir vertrauen auf dich. Alles ist gut. Jesus Christus ist Sieger, Jesus Christus ist Sieger, Jesus Christus ist der Sieger. Amen, Amen, Amen!"

Dann blieb er noch einige Minuten meditativ sitzen und erhob sich dann.

„Alles ist gut," sagte er in die Runde.

Wieder erschien ein wunderschöner Engel inmitten des Raumes. Seine Ausstrahlung war so gewaltig, dass alle etwas zurückgingen vor seiner strahlenden Schönheit.

Er schaute Wulf an und sprach:

„Deinem Sohn geht es gut. Seine Mutter ist zuhause bei Verwandten und er auf dem Weg zu dir. Das Feriencamp, indem er war, wurde gestern aufgelöst und wir sagten ihm, er solle zu dir fahren. Er ist ja auch hellsichtig und hat auf den Rat von uns gehört. Er befindet sich jetzt etwa in Höhe Kassel."

Da der Engel stoppte, wagte es Wulf eine Frage zu stellen.

„Aber er ist doch noch ein Jugendlicher, wie soll er sich alleine bis ins Allgäu durchschlagen?"

„Ich dachte, du hast genügend Gottvertrauen, lieber Wulf," meinte der Engel mit viel Liebe und Güte in der Stimme.

„Ja schon, aber…"

Weiter kam er nicht.

„Kein Aber! Entweder du hast Gottvertrauen oder nicht. Es gibt keine Zwischenlösung. Entscheide dich!"

„Ich habe," sagte Wulf.

„Der Vater wird ihn sicher führen, wenn es so in Alan´s Lebensplan steht."

„Das war die richtige Antwort. Wenn alle so denken würden, wäre die Krise bald vorbei."

„Darf ich fragen, wie weit die Überschwemmung kommen wird? Darfst du da was sagen?" fragte Andrasz den Engel.

„Nun, diejenigen, die fest im Glauben sind, werden verschont werden." sagte er.

„Heißt das, alle sterben, die nicht fest im Glauben sind?" fragte Else jetzt.

„Darüber kann ich dir keine Antwort geben. Es liegt nicht in meinem Ermessen darüber zu reden, zu urteilen, geschweige denn zu wissen."

Wulf nickte.

„Nur der Vater weiß alles und entscheidet."

Der Engel nickte.

„Ich verabschiede mich für den Augenblick. Gott zum Gruß. Amen, Amen, Amen!"
Dann löste er sich auf.

Wulf holte das Notfallhandy aus der Tasche. Seit sie aufgebrochen waren, war es die ganze Zeit abgeschaltet gewesen. Er schaltete es jetzt an. Vielleicht hatte Alan ja eine Nachricht hinterlassen. Und tatsächlich war eine SMS da.

Wulf öffnete sie und dort stand: „Papa, bin unterwegs zu dir. Mach dir keine Sorgen. Meld mich wieder. Hab dich lieb. Alan."

Wulf war sichtlich gerührt und hatte ein paar Tränen in den Augen.

Er teilte die Botschaft den anderen mit.

„Der schafft das schon," meinte Tony.

„Wie es Peter wohl ergangen ist. Tony ruf ihn bitte an."

Tony nickte, griff zum Telefon und ging einige Schritte zur Seite.

9. An der Grenze:

Peter glaubte seinen Augen nicht zu trauen.

„Verzieht euch," murmelte er leise vor sich hin.

Er ging in die Hocke und wartete.

Wie sollte er weiter vorgehen?

Seine Militärzeit fiel ihm wieder ein und einen Antikriegsfilm, den er mal gesehen hatte. Dort erinnerte er sich an eine Szene, die dem Filmstar das Leben rettete.

Peter musste schmunzeln trotz der widrigen Umstände.

Er holte den kleinen Reisewecker, der immer noch in seiner Jacke steckte hervor.

Vorsichtig schlich er etwa 100 Meter weiter und platzierte das gute Stück so auf einem Baum, das er hoffentlich laut genug war.

Jetzt stellte er ihn so ein, dass er in etwa 10 Minuten klingeln sollte.

Jetzt schlich Peter wieder zurück und verbarg sich hinter einem großen Busch.

Der Wecker ging los. Die fünf Soldaten waren aufgeschreckt und liefen zu der Stelle, wo sie das Geräusch vernahmen.
Peter fackelte nicht lange und lief so schnell er konnte Richtung rote Kapelle.

Völlig außer Puste und total erschöpft schaffte er die gut 1000 Meter in recht kurzer Zeit ohne entdeckt zu werden.

Nach kurzer Zeit näherte sich ihm eine scheinbar weibliche Person, die in einen Wintermantel gekleidet war.

Sie sprach ihn an: „Peter?"

Sein Herz hüpfte vor Freude. Er erkannte ihre Stimme wieder.

„Ja, ich bin´s," sagte er mit einem Liebreiz in der Stimme.

Spontan ging sie auf ihn zu und umarmte ihn herzlich.

Peter fühlte sich wie im 7.Himmel!

„Es gibt so viel zu erzählen, „flüsterte er ihr sanft ins Ohr und ergänzte,

„schön, dass wir uns endlich gefunden haben, aber jetzt müssen wir leider zusehen, dass wir ins Allgäu rüber kommen. Hier sind wir nicht sicher. Drüber hab ich den Jeep gut versteckt."

Dann griff er ihr zartes Händchen und ging mit ihr raschen Schrittes Richtung Grenze.

Die Soldaten waren nicht mehr zu sehen, als sie die heikle Stelle erreichten.

Waren sie abgezogen worden oder woanders?

Peter war es natürlich recht. Es erschien ihm wie ein Geschenk des Himmels und gab in Gedanken ein Dankesgebet nach oben ab.

Sicherheitshalber durchschritten sie das Waldstück nahe der Grenze und erreichten den versteckten Parkplatz, wo der Jeep stand.

Ganz Gentleman, half Peter ihr ins Auto.

„Dann fahr mal, mein großer Held," sagte sie.

10. Alan kämpft sich durch:

Er fühlte sich irgendwie allein gelassen. Der plötzliche Aufbruch nach der Auflösung des Jugendcamps war für den jungen Mann sehr verwirrend.

In seiner Not erinnerte er sich an die Notfallhandy Nummer seines Vaters.

Seine Mutter war bei Verwandten eingeladen und die telefonische Leitung dorthin war gestört.

Glücklicherweise konnte er seinem Vater eine SMS hinterlassen.

Während er die Gedanken zu diesem Anruf hatte, bekam er merkwürdige Botschaften in den Kopf.

Der Ort, wo sich sein Vater aufhielt sei geschützt und wichtig.

Schließlich hinterließ er seinem Vater eine SMS, das er versuchte, sich zu ihm durchzuschlagen.

Ihm hatten sich zwei junge Mädchen und drei Jungen angeschlossen. Sie waren zwischen 13 und 15 Jahre alt.
Zuerst hatten sie Glück und ein LKW fuhr Richtung Kassel auf der A7. Sie konnten auf der Ladefläche Platz nehmen. Der Fahrer hatte Mitleid mit den Jugendlichen. In Kassel endete die Fahrt. Sie bedankten sich bei dem netten Fahrer, der nur noch heim wollte und dessen Diesel im Tank gerade noch dafür reichte.
Alan war der älteste und größte der Gruppe und wurde zum Anführer ernannt, da er ein konkretes Ziel hatte und die anderen ihm einfach folgten.

Alan schaute dort in seine Jackentasche. Dort war eine zusammengefaltete Deutschlandkarte. Er versuchte zu errechnen, wie weit das Allgäu noch entfernt war. Er besuchte seinen Vater ja ein bis zweimal im Jahr und wurde auch dort geboren. Seit seine Eltern sich scheiden ließen, lebte er seit dieser Zeit bei seiner Mutter an der Ostsee.

Auf der Karte sah er, dass Ulm etwa 350 km entfernt war. Und von Ulm auch noch einmal gut 100 km oder mehr ins Allgäu.

Das kann ja heiter werden, dachte er. Aber er war guten Mutes. So hatten ihn seine Eltern erzogen und auch wenn er seinen Vater nur selten sah, gab er ihm trotzdem wichtige Dinge mit fürs Leben. Auf der anderen Seite der Strasse hielt ein alter Hanomag.

Alan hatte noch nie so ein altes Auto gesehen.

Der Fahrer winkte ihn herüber. Vorsichtig ging Alan auf ihn zu.

„Hast du was zu essen, junger Mann? Ich bin total hungrig."

Alan ging weiter auf ihn zu.
„Ich habe noch Brote und etwas zum trinken. Ich könnte es mit ihnen teilen. Wohin fahren sie denn? Ich muss ins Allgäu zu meinem Vater."

Der Mann kratzte sich den Kopf.

„Ich muss nach Heidenheim, das ist in der Nähe von Ulm. Hoffentlich schaffe ich es bin dorthin."

Alan schaute auf die Seitenverkleidung des Autos. Dort stand: „EDELSTEIN-GROSSHANDEL K. Peters"

„Handeln sie mit Edelsteinen?" fragte er ihn.

„Ja so ist es, junger Mann. Ich habe oder besser ich hatte ein Geschäft, bevor dieses Chaos begann."

„Mein Papa arbeitet auch mit Edelsteinen. Er hilft Menschen ohne etwas dafür zu verlangen. Er arbeitet auf Spendenbasis. Das heißt, die Leute geben das, was sie können, sozusagen als Energieausgleich."

Dann holte Alan einen schwarzen Turmalin aus der Hosentasche und zeigte ihn dem Mann.

„Dieser ist geweiht und gesegnet und beschützt mich immer," sagte er stolz.

„Darf ich ihn mal anfassen?" fragte der Mann.

Alan überlegte kurz und dann reichte er ihn dem Mann. Der hielt den Heilstein in der Hand und fühlte die Energie.

Nach einer kurzen Weile gab er Alan den Stein wieder.

„Wundervolle Energie," sagte er.

„Den hat mein Vater aufgeladen."

„Dann muss er ja ein besonderer Mann sein, der Energie nach," meinte dieser.

„Ich würde ihn gerne mal kennen lernen."

„Das ließe sich einrichten. Ich fahre mit ihnen mit und das Stück von Heidenheim bis ins Allgäu schaffen wir auch irgendwie dann, denke ich."

Alans Augen leuchteten.

Der Fahrer stieg aus.

Er war etwas kleiner als Alan, der schon fast 1,80 Meter Größe erreicht hatte.

„Wie heißt du eigentlich?" fragte er ihn.

„Alan," sagte er.

„Freut mich, Alan. Ich bin Karl."

Dann schüttelte er Alan die Hand.
„Ok, du kannst mitfahren, ich denke, irgendwie schaffen wir das schon. Ich spüre bei dir eine besondere, wenn auch eigenartige Energie, die ich noch nie irgendwo wahrgenommen habe. Ich bin

sehr feinfühlig, musst du wissen. Sonst könnte ich wahrscheinlich nicht mit Heilsteinen arbeiten und sie verkaufen."

Alan nickte. Er hatte seltsamerweise sofort Vertrauen zu diesem Mann gehabt.

Entfernt erinnerte er ihn auch an seinen Vater. Die langen Haare trug er ebenso zum Zopf gebunden und auch den obligatorischen 3-5 Tag seines Vaters hatte dieser auch. Auch ein Baseball Cap wie sein Vater trug er ebenfalls.

Da riefen plötzlich Alan´s Mitreisende nach ihm.

„Wir haben eine Mitfahrmöglichkeit Richtung Dortmund gefunden. Willst du mit?"

Alan schüttelte den Kopf.

„Nein, ich fahre mit Karl ins Allgäu zu meinem Dad."

Sie verabschiedeten sich herzlich und Alan stieg zu Karl in den alten Wagen.

„Karl, womit fährt dieses alte Auto?" fragte Alan.

„Mit Diesel und allem, was auf Ölbasis funktioniert, also alle Öle und dergleichen."

„Wow!" rief Alan.
„Ist ja stark! Wie viel Diesel ist denn noch im Tank?" wollte er wissen.

„Etwa 250 km kommen wir damit noch. Aber die Tankstellen sind alle zu. Es gibt nirgendwo mehr Sprit."

„Vielleicht kannst du Heilsteine gegen Öl tauschen oder…ich hab´s! Altöl steht doch bestimmt an jeder Tanke irgendwo rum. Das filtern wir und kippen es in deinen Tank. Müsste doch gehen…"

„Alan, du bist genial! Das ich da nicht selber drauf gekommen bin. Da vorne kommt ne freie Tanke. Da halten wir."

Karl stieg aus und ging zum Eingang der Tankstelle. Darüber waren Wohnräume.
Er schellte. Oben öffnete sich ein Fenster.

„Wir haben kein Sprit mehr, tut mir leid," sagte eine alte Frau.
„Wir wollen kein Sprit. Haben sie vielleicht Altöl, was sie nicht mehr benötigen und uns im Tausch gegen Schutz-Edelsteine tauschen könnten?"

Die alte Frau schaute skeptisch herab.
Sie schien zu überlegen.

„Ich schicke meinen Mann heraus, einen Augenblick!"

Kurze Zeit später kam ein etwa 65 jähriger kleiner Mann aus einer Nebentür.

„Wieviel Altöl brauchen Sie denn?" fragte er.

„Ich denke 50 Liter dürften genügen," sagte Karl.

„Was bekomme ich dafür als Gegenleistung?"

Er schaute, während er es sagte, auf die Beschriftung des Autos.

„Ich werde ihnen 5 besondere Heilsteine geben, die gesegnet und energetisiert sind und für Haus und Hof und ihre Bewohner Schutz bieten."

Dann griff Karl in dem Wagen nach hinten und holte 5 prächtige Steine heraus.

Einen Amethysten, einen Bergkristall, einen kleinen schwarzen Turmalin, ein Tigerauge und einen Rosenquarz.

Der Tankwart war ganz fasziniert von den Steinen. Er nickte.
Vielleicht tauschte er sie in Gedanken schon wieder ein.

Das alte Öl war zu nichts gut, dachte er.

„Ich hole das Altöl, einen Augenblick."

Dann ging er in die Werkstatt und kam mit drei Kanistern voll Altöl wieder.

Er stellte sie Karl vors Auto und der gab ihm die Steine.

Alan half Karl das Altöl einladen und sie fuhren weiter.

Nahe Rotenburg ob der Tauber hielten sie auf einem kleinen Parkplatz, der erstaunlicherweise leer war. Schnell wurde das Altöl durch ein primitives Haushaltssieb gefiltert und dann in einen Reservekanister gefüllt und von dort in den Tank. Als der Tank voll war, blieb das restliche gefilterte Altöl im Reservekanister.

Der alte Hanomag qualmte zwar etwas heftig, aber die Fahrt konnte fortgesetzt werden.

Sie waren froh, dass die Autobahn ziemlich frei und nicht gesperrt war.

11. Der Freak kommt:

„Ich glaube, ich hab nen Auto gehört," sagte Bläuken nach einer Stunde Warten.

„In der Tat, ich höre auch etwas," bestätigte Andrasz seine Frau.

Ein alter Dieselmotor röhrte auf das Haus zu.

„Das ist Freak," jubelte Else.

„Den Sound kenne ich."

Sie gingen nach draußen, um ihn zu begrüßen.

Es gab ein herzliches Hallo und Wiedersehen.

Wulf fiel direkt mit der Tür ins Haus.

„Zeig mal deine neue Errungenschaft, Alter," meinte er voller Neugierde.

Freak grinste. Solche Momente genoss er. Er weidete sich förmlich darin.

„Ist ja schon gut, ich hole „mein Baby" schon aus dem Auto," sagte er grinsend und öffnete die Fonttür und klappte den Rücksitz hoch, nachdem er einen geheimen Mechanismus betätigt hatte.

„Cool!" rief Else.
„Auto mit Geheimfach, wollte ich auch immer schon haben. Hat so was von James Bond, irgendwie..."

Freak grinste.

„Wenn das hier alles gut überstanden ist, könnte ich dir vielleicht auch so was bauen."

Else lächelte.

Freak trug sein „Baby" ins Haus und fing an zu erklären:

„Also, das gute Stück schafft neben Niedrigvolt auch satte 220 Volt und funktioniert auch bei bewölktem Himmel, Mondlicht und anderen Lichtquellen."

„Das heißt," warf Else ein. „Dein „Superbaby" ist noch nicht fertig."

„Leider nicht," meinte Freak.

„Ich hab ja tonnenweise Tipps im Internet gefunden, aber die freie Energie komplett ohne Hilfsmittel zu nutzen, gelingt auch mir noch nicht. Wenn ich jetzt Nico fragen könnte, wäre es ganz einfach. Zu seiner Zeit gab es die ja schon."

„Nico?" fragte Bläuken irritiert.

„Er meint Tesla, den großen Nicola Tesla, das Supergenie schlechthin," sagte Wulf.

„Leider war er permanent pleite, da er zur falschen Zeit lebte und man ihm auch mal sein ganzes Labor und die Werkstatt zerstörte, weil er „denen" zu heikel wurde."

„Hä?" Andrasz schüttelte sein ergrautes Haupt.

„Ach das ist eine lange Geschichte. Wenn ich ihn nur „channeln" könnte, aber leider ist mir diese Gabe nicht beschienen," antwortete Freak etwas traurig.

„Wulf channelt doch, vielleicht kriegt er Nico an die Strippe," sprach Vicky lachend.

„Gute Idee, sollten wir zu passender Zeit mal probieren. Jetzt haben wir anderes zu tun."

Wulf hatte eine klare Ansage gemacht.

Freak demonstrierte jetzt draußen sein Solar Ladegerät.

Es kamen die Akkus von Else zuerst dran.

„Die normalen Akkus mit 2000 mA sind in 2 Stunden voll. Ich hab da einen Turbolader mit eingebaut," grinste Freak.

„Zeigt mir mal die Höhle, die ihr gefunden habt. Else hat mir eben davon geflüstert."

„Soso, geflüstert habt ihr. Interessant…" Bläuken schmunzelte.

„Was du schon wieder denkst. Wir sind nur alte Freunde, mehr nicht."

Alle mussten lachen über den Gag, denn Else lief rot an.

Freak, der ansonsten die Coolheit in Person war, wurde leicht verlegen und wandte sich ab.

„Hey Leute, im Affenkasten kommen Neuigkeiten," rief Wulf und schaute vom Fernseher auf.
„London," sagte der Nachrichtensprecher.

„Bei Unruhen im Londoner Stadtteil Soho kam es zu Ausschreitungen und Plündereien, nachdem die Polizei versucht hatte, eine Jugendbande davon abzuhalten, eine Tankstelle auszurauben, in der sowohl noch Diesel, Tabak, Alkohol und viele Lebensmittel noch zu haben waren. Die Situation eskalierte, als zwei der Jugendlichen, die farbiger Hautfarbe waren, unter den Knüppelschlägen starben. Der Premierminister befürchtet jetzt, dass diese Krawalle auch als Vorbild für andere Großstädte sein könnten und warnt die anderen europäischen Länder vor den gleichen Gefahren. Die Nationalgarde ist in Alarmbereitschaft gegangen."

Dann blendete man einen Bericht ein, der leere Autobahnen in Deutschland zeigte und eine Tankstelle, die ebenfalls ausgeplündert war.
Der Tankstellenpächter schimpfte wie ein Rohrspatz auf die Polizei, die nicht in der Lage gesehen war, ihn zu beschützen.

Der Innenminister kam zu Wort und wählte gleich einen harschen Ton:

„Wir werden alles in den Griff bekommen, bitte bleiben sie zu Haus, verfallen sie nicht in Panik. Wir werden jeden Plünderer und Gewalttäter drakonisch bestrafen und werden notfalls auch mit Militärgewalt die öffentliche Ordnung wieder herstellen. Solche Verhältnisse wie in London darf und wird es in unserem Land nicht geben, dafür stehe ich als Innenminister."

Der Nachrichtensprecher war wieder zu sehen und schaltete nach Paris.

Dort sah man brennende Autos, eingeschlagene Fensterscheiben in Geschäften und wie vermummte Personen diverse Dinge aus den Geschäften entwendeten.

Dann sah man schwarze Hubschrauber über der Seine Metropole und wie sich Militäreinheiten in das bedrohte Gebiet abseilten. Plötzlich stand das Bild und der Film riss ab.

Wulf schaltete auf einen anderen Kanal. Dort war auch nichts mehr zu sehen. Auch die anderen Kanäle gingen nicht mehr.

„Das war es wohl. Wir sind auf uns allein gestellt," sagte Andrasz knochentrocken.

„Mir fällt was ein," meinte Freak plötzlich.

„Ich hab ne DVD mit, die können wir uns mal ansehen, da geht euch ein Licht auf."

Er griff in seine Reisetasche und holte die DVD heraus.

Dann legte er sie in das Laufwerk des Laptops und der Film begann.

In dem Film, der deutlich sichtbar von Amateuren gedreht worden war, sah man, wie zwei Personen einen Eiswürfelbehälter jeweils mit Eis und einmal mit Wasser und Aluminiumspänen füllten. Dann froren sie es ein. Hinterher kam der gefrorene Eiswürfel und der, in denen die Aluminiumspäne waren, nebeneinander in eine Mikrowelle.

Beim Einschalten sah man, dass der Eiswürfel, der die Aluspäne beinhaltete, viel schneller auftaute, als der herkömmliche Eiswürfel.

Im Film sah man dann Bilder der Arktis und Flugzeuge, die Chemtrails versprühten. Dann fiel ein Stück eines Eisberges ab ins Meer.

Plötzlich erschien die Totenkopfflagge auf den Monitor und die Musik „Spiel mir das Lied vom Tod" erklang.
Der Autor des Films sprach dann leise und ehrfürchtig: „So geht es bald allen Eisbergen. Jetzt wissen wir, was ihr wahres Ziel ist. Sie versprühen weltweit Chemtrails und dabei Aluminiumpartikel, Barium, Grippeviren und viele andere Mittel, die den Zweck haben sollen, zum einen die Menschheit zu dezimieren, künstlich beschleunigt die Eisberge schmelzen zu lassen, allgemeine Wettermanipulation und viele Krankheiten hervorzurufen."

Dann stockte er und ein anderer Mann war zu sehen. Es war eindeutig Freak, der sich mit falschem Bart und getönter Brille zeigte.

„Hey, das ist ja Freak!" prustete Else heraus.

„Pssscht!" sagte Wulf.

„Wir wollen weiterschauen."

Der getarnte Freak griff zum Mikrophon und sagte:" Jetzt sollen endlich die Menschen aufgeklärt werden, was wirklich hinter den Chemtrails steckt. In der Tat verursacht das Einatmen von Aluminiumpartikeln Alzheimer, Demenz, Gedächtnisprobleme, Aggressionen, Stimmungsschwankungen, Lethargie, Willenlosigkeit, überhaupt chronische Beschwerden wie dauerhafte Müdigkeit und andere Ursachen, die wir noch untersuchen müssen. Jetzt könnt ihr euch vorstellen, warum jetzt viele Menschen Alzheimer und Demenz haben. Des Weiteren haben wir anhand von geheimen Aufzeichnungen, die leichtsinnigerweise im Internet kursieren, erfahren, dass diese Tests schon nach dem zweiten Weltkrieg anfingen und Wettermanipulation nicht erst durch Haarp entstanden ist. Ein Freund von uns hat sich sehr intensiv mit den Maya und Hopi Prophezeiungen beschäftigt und herausgefunden, das genau dieses schon dort niedergeschrieben ist. Die Bahnen am Himmel, wie sie genannt wurden, sind nichts anderes als Chemtrails."

Dann änderte sich die Szene und ein anderer junger Mann mit sehr langen schwarzen Haaren, die ihm fast bis zum Hintern ragten, wurde gezeigt.

„Das ist Alfonso," sagte der erste Sprecher des Films.

„Er hat einen sogenannten Cloudbuster nach Wilhelm Reich soweit modifiziert, dass er jetzt auch Chemtrails auflöst und alle anderen Störungen am Himmel, die schlecht für Mensch, Tier und Natur sind. Im Internet gibt es tonnenweise Bauanleitungen für sogenannte Cloudbuster oder Chembuster, aber Alfonso hat ihm sensationell weiterentwickelt."

Dann sah man einen Hügel und aus diesem ragten 6 Kupferrohre in den Himmel.

„Schaut genau hin," sagte der Sprecher.

„Dort oben fliegt ein Flugzeug und sprüht wieder die abartigen Chemtrails. Schaut, wie die Bahnen sich wabernd formieren und versuchen, den Himmel zuzumüllen. Achtet darauf, was passiert. Wir filmen „live"!"

Dann sah man, wie dieser Streifen in der Mitte plötzlich unterbrochen wurden und genau über dem Chembuster sich der Himmel anfing aufzuklaren. Weitere drei Minuten später war bereits ein Großteil des Himmels wieder frei. Der Flieger musste das wohl mitbekommen haben, denn er flog erneut über das Gebiet, wo die Chemtrails aufgelöst worden waren und sprühte sehr stark. Minuten später fing der Chembuster erneut an, aufzulösen.

Jetzt war Alfonso wieder zu sehen.

„Jetzt verrate ich mein Geheimnis," sagte er.

91

„Ich baue meine Chembuster im Prinzip ähnlich wie in den Bauanleitungen im Internet, nur nehme ich keinen Polyesterharz. Ich verwende Kleister. Ihr müsst wissen, das Kristalle lebendige Wesen sind und speziell die Bergkristalle mögen es nicht, lebendig begraben zu sein. Ein Bergkristall in Polyesterharz ist wie ein Mensch in einem Sarg, der nur minimal Luft bekommt. Außerdem rede ich ständig mit meinem Chembuster und lobe ihn auch für die gute Arbeit, die er macht und da er ein denkendes, lebendiges Individuum geworden ist, hat er auch einen Namen. Er heißt Paul.“

Die Szene wechselte. Alfonso holte einen kleinen Chembuster heraus. Er hatte etwa 20 cm Höhe und war in einem Topf und nur das Rohr schaute heraus.

„Das ist mein mobiler Chembuster. Er heißt Hans-Peter. Ihn hab ich im Auto dabei. Auf dem Armaturenbrett hab ich eine Vorrichtung für ihn gebaut. Während der Fahrt verbindet er sich mit den Sylphen, das sind die Luftengel und putzt zusammen mit ihnen den Himmel über uns frei. Wenn doch jeder so einen mobilen Chembuster im Auto hätte, was damit möglich wäre...“

Dann änderte sich die Szene und man sah einen riesigen einrohrigen Chembuster, der in einer großen Blechtonne stand, die mit Quarzsand, Kristallen, Sägespäne und Metallspänen gefüllt war. Dieser stand auf einem Stadelboden vermutlich eines Bauernhofes.

Alfonso begann wieder zu erzählen: „Diesen Chembuster habe ich nach geistiger Anleitung gebaut. Er hat den Vorteil, dass er transportabel ist, aber den Nachteil, dass er trocken stehen muss. Er putzt den Himmel über dem Stadel frei, ohne dass er gesehen wird. Zusätzlich reinigt er den ganzen Bereich im Umkreis von etwa 50m und hält auch lästiges Ungeziefer fern, wie Holzböcke und dergleichen. Katzen lieben diese Energie interessanterweise, wahrscheinlich liegt es daran, dass der Chembuster negative Energie in positive umwandelt. Katzen mögen ja Störfelder und wandeln selber Energien.“

Dann war etwas sehr Seltsames zu sehen.

Es goss in Strömen und neben dem Chembuster im Garten lagen drei Katzen. Normalerweise flüchten Katzen bei Regen, mit einer Ausnahme, das sie gerade Hunger haben und vor dem Mauseloch ausharren. Doch diese Katzen räkelten sich direkt neben dem Chembuster trotz des starken Regens.

Alfonso war wieder zu sehen und hielt ein gleichschenkeliges Kreuz nach oben.

„Dieses ist auch selbstgebaut. Ich habe es wie folgt gemacht. Im Ein Euro Laden habe ich eine Form für Eiswürfel erstanden, die aus einer Art Kautschukmasse wohl ist. Dort habe ich Metallspäne verschiedenster Art, am besten sind gekringelte Metallspäne, die in die Schablonen kamen. Dann wurde alles mit Polyesterharz ausgefüllt und getrocknet. Man sollte es aber am besten im Sommer und bei schönem Wetter machen, da das einatmen des Polyesterharzes giftig ist. Dann werden die fertigen Kreuze aus der Form gedrückt und von mir folgendermaßen gesegnet: Ich segne euch im Namen des Vaters, des Sohnes und des heiligen Geistes und bitte euch, Mutter Erde zu helfen, Chemtrails aufzulösen, Elektro- und Funksmog umzuwandeln, das Wasser wieder zu reinigen und der Natur zu helfen. Danke lieber Gott, Amen, Amen, Amen!"

Dann hielt Alfonso so ein gleichschenkliges Kreuz vor die Kamera und erklärte:

„Natürlich sind die Kosten recht hoch, aber ich verteile diese Kreuze überall und sie wirken wunderbar. Lege ich beispielsweise einen in einen fließenden Bach, hilft er auf feinstoffliche Weise das Wasser zu reinigen. In einen Busch gelegt, beginnt er die Erde, die Blumen und Bäume aber auch die Luft zu reinigen. Am besten ist es, sie aber nahe eines Mobilfunkmastes zu platzieren, da er augenblicklich beginnt, diese schädlichen Wellen umzuwandeln. Ein Freund von mir war etwas ratlos, da er an die Anlage nicht heran kam. Ich riet ihm, das Orgonkreuz, denn nichts anderes ist es, nahe des Mobilmastes hinzuwerfen. Es klappte und funktioniert reibungslos."

Dann war der ursprüngliche Sprecher wieder zu sehen und sagte: „Bitte kopiert diese DVD und verteilt sie so oft wie möglich. Möge der Frieden mit euch sein."

Dann kam eine Meditationsmusik und eine grüne Almwiese mit klarem, blauem Himmel.

Wulf drückte dann auf Stopp. Der Film war zu Ende.

Erst einmal sagte keiner etwas.

Der Film war sehr tief gegangen.

„Meinst du, dass das alles stimmt?" fragte Andrasz Freak.

„In der Tat, ich hab alles „live" mitbekommen. Es stimmt!"

„Dann sollten wir auch Chembuster bauen," wandte Bläuken ein.

Wulf grinste.

„So ähnliche hab ich nach geistiger Anleitung gebaut. Else hat auch einen von mir im Garten. Könnt ihr euch ja mal ansehen."

Andrasz und Bläuken gingen sofort hinaus und Freak folgte ihnen.

12. Alan´s abenteuerliche Reise:

Die Fahrt verlief bis Ulm reibungslos. Karl entschied sich, weiter auf der A7 zu bleiben. Kurz vor Senden hinter einem Autobahnparkplatz geschah es!

Die Autobahn war barrikadiert mit vier Autos.

„Brems!" rief Alan.

„Ich tu es ja schon!" sagte Karl und bemühte sich, seine Stimme ruhig zu halten.

Die Autobahn war mit drei Pkws und einem Lieferwagen so blockiert worden, dass man nicht durch fahren konnte.

Karl war etwa 200 Meter vor der Absperrung zum Stehen gekommen.

„Was machen wir denn jetzt?" fragte ihn Alan.

„Gute Frage. Ich denke, wir warten mal ab, ob sich irgendwelche Plünderer oder so zeigen."

Alan nickte.

Sie warteten einige Minuten mit laufendem Motor, aber nichts geschah.

Karl schaute Alan und sagte: „Ok, wir fahren jetzt vorsichtig heran und schauen mal, ob wir eine von diesen alten Möhren zur Seite schieben können, ok?"
Alan nickte auch dazu.

Langsam und vorsichtig mit herunter gekurbelten Scheiben näherten sie sich, wobei Karl die letzten 50 Meter nur noch den Hanomag rollen ließ.

Es geschah nichts.

Vorsichtig stieg er aus und schaute in die verlassenen Autos hinein. Sie waren leer und abgeschlossen!

Karl unterdrückte einen aufkommenden Fluch und versuchte sofort einen Ausweg zu finden.

„Alan, komm mal her, vielleicht können wir einen der Wagen zur Seite schieben."

Alan stieg aus und half ihm so gut er konnte. Doch alles Schieben und Drücken half nichts! Keiner der vier Autos ließ sich auch nur ein Stück bewegen!

„Du Karl, wir sind doch alleine unterwegs. Ich habe mal gehört, dass es Geisterfahrer gibt. Da hab ich meine Mutter danach gefragt und sie sagte, dass sind Menschen, die versehentlich falsch herum auf die Autobahn fahren. Vielleicht sollten wir…"

„Das ist es. Natürlich! Das ich da nicht selbst drauf gekommen bin!" sagte Karl, der Alan mitten im Satz unterbrochen hatte.

„Wir wenden und fahren zu dem Parkplatz zurück. Vielleicht können wir dort einen Forstweg oder so was finden. Zum Glück regnet es nicht."

Die beiden sprangen in den Hanomag und Karl wendete auf der Autobahn. Er grinste Alan an und begann lächelnd den Verkehrsfunk zu imitieren:

„Achtung, Achtung! Auf der A7 von Ulm nach Memmingen befindet sich in Höhe Senden ein Falschfahrer auf der Autobahn. Bitte überholen sie nicht und fahren sie ganz rechts. Wir melden uns wieder, sobald die Gefahr vorüber ist."
Dann brach er in schallendes Gelächter aus und Alan lachte mit.

Nach etwa 2 Minuten Fahrt war der Parkplatz erreicht. Karl fuhr langsam hinein und schaute, ob dort ein Seitenweg abging.

„Da ist was. Halt an!" rief Alan plötzlich.

Karl trat voll auf die Bremse.

Der Hanomag stand.

In der Tat war vor ihnen ein nicht befestigter Waldweg, der aber in etwa 50 Meter Entfernung durch ein Tor versperrt war.

Alan sprang aus dem Wagen und lief auf das Tor zu.

„Ist nur aus Holz," rief er.
„Und ne Eisenkette mit nem Schloss davor."

Karl überlegte kurz und dachte nach. Er zog die Handbremse an, nachdem er in den Leerlauf geschaltet hatte. Dann kletterte er nach hinten und schaute sein Werkzeug durch, ob er was Adäquates finden würde, um das Schloss zu öffnen. Aber den Bolzenschneider, den er oft bei Abenteuer- und Campingtouren dabei hatte, lag leider gut verpackt zu Hause im Keller.

Alan kam zurück.

„Du Karl, im Fernsehen fahren die einfach das Tor platt."

Karl überlegte. Ob das sein Hanomag aushielt?

Da war noch die Sache mit den Gurten. Viel zu gefährlich, ohne sich anzuschnallen, dachte er.

„Ich versuche es ganz vorsichtig und sanft, das Tor wegzuschieben. Bleib du bitte draußen und pass auf."

„Viel Glück!"

Alan nickte und ging neben das Tor.

Vorsichtig fuhr Karl im Schritttempo auf das Hindernis zu.

Der Hanomag schob und drückte, aber das Tor knirschte nur.

Jetzt packte ihn die Verzweiflung.

Er setzte zurück und winkte Alan zu, er solle zur Seite gehen und dann raste er mit durchdrehenden Reifen auf das Tor zu.

Es klappte! Das Tor fiel unter einem lauten Knirschen und Bersten zu Boden und der Hanomag holperte hinüber.

Es war geschafft!

Alan lief zur Beifahrerseite und kletterte hinein.

Dann klopfte er ihm mit einem erleichterten Lächeln auf die Schulter und sagte:

„Cool, Alter, das war ja aufregender als im Kino!"

Karl lachte.

„Warts ab. Vielleicht ist dieser Weg hier noch aufregender als du glaubst!"

Dass er damit Recht haben sollte, konnte er zu diesem Zeitpunkt noch nicht ahnen…

Karl musste schon nach wenigen hundert Metern bremsen. Ein Baum lag auf dem Weg.
Glücklicherweise konnten sie ihn zu zweit auf die Seite ziehen.

In dem Moment raschelte es im Gebüsch und Alan rutschte beinahe das Herz in die Hose, so sehr erschrak er.
Beide hielten inne!

Plötzlich stand ein Keiler vor ihnen. Es dämmerte bereits und Karl rief Alan zu:

„Schnell ins Auto. Mit Wildschweinen ist nicht gut Kirschen essen."

Alan lief so schnell er konnte in Richtung Auto, aber Karl rief sofort:

„Entwarnung! Der Keiler flüchtet in die entgegengesetzte Richtung. Keine Gefahr mehr!"

Erleichtert konnten sie ihre Fahrt fortsetzen.

Es ging plötzlich links ab und Karl hielt. Er musterte das Schild genauer, was dort stand. Aufgrund seiner großen Campingerfahrung deutete er die Zeichen, die eigentlich nur intern für Forstarbeiter sind, richtig. Dort war ein Zufahrtsweg Richtung eines weiteren Autobahnparkplatzes. Er erzählte Alan davon.

„Hoffentlich kommen wir dort wieder auf die A7, es wird bald dunkel."

Karl nickte.

Sie hatten Glück. Nach weiteren 20 Minuten Fahrt erreichten sie ein weiteres Tor, welches glücklicherweise unverschlossen war. Alan öffnete es und Karl fuhr vorsichtig hindurch.

Sie waren überglücklich, die Autobahn vor sich zu sehen und keine Sperre mehr.

Karl hielt kurz und füllte noch einmal von dem Altöl nach.

Mit qualmendem Auspuff setzten sie ihre Fahrt Richtung Allgäu fort.

13. Romantik auch in Krisenzeiten:

„Sie" lächelte ihn an. Peter schwebte wie auf Wolke sieben.

Vorsichtig fuhr er mit dem Jeep das Oberjoch hinunter Richtung Hindelang.

Seine rechte Hand suchte ihre linke und fand sie.

Während er noch überlegte, ob es gefährlich ist, mit der rechten Hand Händchen zu halten, nahm sie ihm die Entscheidung ab und griff liebevoll zu.

Ihre rechte Hand war nicht untätig und schaltete das Radio ein. Da nur Gerausche zu hören war und kein Empfang wohl möglich, fragte sie ihn, ob Cassetten oder CDs an Bord wären.

Peter nickte und deutete auf das Handschuhfach.

„Sie" griff die erstbeste Cassette heraus und schob sie in den Cassettenschacht hinein.

Peter glaubte, dass sein Herz vor Freude hüpfte, denn er hatte anscheinend einen ähnlichen Geschmack wie Else und war ihr sehr dankbar für diese schöne Musik und murmelte: „Danke Else".

„Wer ist denn Else?" fragte sie.

„Ach, das ist die Besitzerin des Autos. Eine etwa fünfundsechzigjährige weißhaarige Schamanin, die du sicherlich sehr mögen wirst, so wie ich auch. Sie erzählt sehr gerne und ist eine wunderbare Geschichtenerzählerin."

„Da bin ich ja mal gespannt," sagte „Sie".

„Jedenfalls gefällt mir ihr Auto und diese schöne Musik. Ist das irisch?"

Peter nickte.

„Ja, keltisch. Das ist Enya. Sie hat aber eine wunderbare einfühlsame Stimme."

„Wer ist denn noch so dort bei euch?" fragte sie.

„Also, da ist mein bester Kumpel, der Wulf, der heilende Hände, kann mit den Engeln, Naturwesen und Verstorbenen reden, dann hat er oft so Eingebungen, malt fantastische Bilder und macht meditative Musik. Seine Frau heißt Vicky und sie hat ein sehr liebevolles freundliches, fürsorgliches Wesen. Sie ist eine ganz liebe Seele, wie Wulf auch. Du wirst beide sicherlich in dein Herz aufnehmen.

Dann sind da noch Andrasz, der alte Heilpraktiker und seine Frau Bläuken. Andrasz ist Ungar, spricht aber sehr gut Deutsch."

„Sie" unterbrach ihn.

„Klasse, ich wollte immer schon mal einen Heilpraktiker und auch Heiler privat kennenlernen."

Peter fuhr fort und nickte zustimmend: „Da sind dann noch Else und Tony."

„Sie" lächelte nur und konzentrierte sich auf die schöne Musik, während sie liebevoll seine rechte Hand streichelte.

Ohne Zwischenfälle gelangten sie in die Nähe von Elses Haus und stoppten.

„Sollen wir anrufen, dass wir kommen oder einfach hinfahren?" fragte Peter.

„Hast du Angst, dass wir fremde Leute im Schlepptau mit zu dem Haus nehmen könnten?" fragte sie.

„So in etwa, obwohl…" er stutzte. Sie waren jetzt eine sehr lange Zeit gefahren, ohne dass ihnen ein anderes Auto gefolgt wäre.

„Wir probieren es," meinte Peter und begann die Serpentinen hinauf zu fahren. Die Allradunterstützung brauchte er nicht zuzuschalten.

„Sie" drückte auf den Auswurfknopf des Cassettenfaches, da das Band zu Ende war. Plötzlich war das Radio wieder zu hören.

Peter stoppte das Auto, da der Motor so laut war, dass man kaum etwas verstand.

„…kommt die Flutwelle jetzt doch in die Nordsee und wird die ganze Küstenregion treffen. Da aber immer noch Ausfälle von Fernsehen und Radioprogrammen vorherrschen, ist man sich nicht sicher, wie weit Hamburg und die Inseln gewarnt werden können," sagte der Nachrichtensprecher.

Die beiden schauten sich überrascht an, konnten aber nicht viel damit anfangen.

Danach fuhren sie weiter zu Elses Haus und sahen ein schwaches Licht.

„Es scheint jemand im Haus zu sein und nicht in der Höhle," sagte Peter.

„Welche Höhle? Wovon redest du denn?"

„Sie" war irritiert.

„Ach, das hab ich dir ja noch gar nicht erzählt. Wir haben eine Höhle entdeckt, wo man sich zurückziehen kann, wenn es hart auf hart kommt."

Peter stoppte den Jeep vor dem Haus und wartete.

Er hatte richtig vermutet. Else hatte ihr Auto erkannt und kam heraus.

Freudig umarmte sie Peter und ging dann auf „Sie" zu.

„Schön dich kennen zu lernen," sagte Else und umarmte sie überschwänglich.

„Sie" wusste gar nicht wie ihr geschah, spürte aber die liebevolle und starke Ausdruckskraft der Umarmung.

„Das ist „Sie", so hab ich sie mit Spitznamen getauft," fiel ihr Peter ins Wort.

„Sie" schaute Peter etwas vorwurfsvoll an.

„Willst du gar nicht wissen, wie ich richtig heiße?" fragte sie.

„Sag es mir später, Schatz," grinste Peter und warf ihr ein Handküsschen zu.

Sie lächelte und nickte kokett.

Dann traten sie ins Haus und es gab eine freudige Begrüßung, die eine geraume Zeit dauerte und dann wurden die Neuigkeiten und Erlebnisse ausgetauscht, wobei alle gebannt an Peters Lippen hingen, als er in spannender Weise von seinem Ablenkmanöver an der Grenze und dem Hindernisräumen erzählte.

14. Die Gemeinschaft rückt zusammen:

„Noch etwa 90 Minuten denke ich," sagte Karl.

„Was meinst du?" fragte Alan.

„Na ja, bis du in der Nähe des Papas bist."

„Ach so, echt cool!"

Alan freute sich.

Die Fahrt verlief die nächste Zeit ohne Zwischenfälle. Die Autobahn war fast leer. Sie überholten in Höhe Memminger Kreuz zwei alte Zugmaschinen, die mit Tempo 30 oder 40 über die Autobahn krochen, aber das störte jetzt niemanden. Wer weiß, was die für einen Treibstoff drin hatten.

Alan winkte ihnen freundlich zu, während sie überholten.

Hinter Bad Grönenbach kurz vor der Autobahnraststätte „Allgäuer Tor" geschah das, was sie befürchtet hatten.

Eine Polizeisperre auf der Autobahn.

Karl bremste und fuhr langsam auf den herannahenden Polizisten zu.

„Grüß Gott!" begrüßte er sie höflich.

Die beiden grüßten zurück.
„Darf man erfahren, warum sie zu dieser Stunde hier unterwegs sind, wo doch absolutes Fahrverbot besteht und die Bevölkerung aufgerufen wurde, zu Hause zu bleiben und niemandem zu öffnen?" fragte er, wobei er mit seiner Taschenlampe das Innere des Wagens ausleuchtete.

„Das kann ich ihnen sagen, Herr Polizist," antwortete Karl freundlich.

„Sehen sie, ich bin Edelsteinhändler und auf dem Weg nach Hause und dieser junge Mann hier neben mir war in einem Ferienlager, als die Katastrophe passierte. Er konnte nicht zur Mutter heim, da diese nicht da war und ihm blieb nur die einzige Möglichkeit, zu seinem Vater ins Allgäu weiter zu gelangen. Und da hab ich Mitleid mit ihm gehabt und ihn mitgenommen. Wir sind auch bald da. Es ist nicht mehr weit, nur etwas hinter Kempten. Aber, was sagten sie eben, Fahrverbot und Ausgangssperre?"

„Ja, haben sie denn kein Radio gehört während der Fahrt?" fragte der Polizist erstaunt.

„Ach, wissen sie, mir wurde die Antenne abgebrochen und ich kann zurzeit nur Cassetten hören."

Der Polizist leuchtete den alten Hanomag ab.

„Meinen sie nicht, dass der eher in ein Museum gehört als auf die Strasse?" fragte er etwas ironisch.
„Ich bin ohne Probleme vor einem Jahr durch den TÜV gekommen. Hier sind meine Papiere, sie können es überprüfen."

Er richtete seinen Blick auf die Papiere des Wagens, schaute dann in das Gesicht Karls und Alans und sah dort den bettelnden Blick des Jungen und nickte.

„Gut, ich lasse sie durch. Aber seien sie so gut und fahren die nächste Abfahrt runter. Das Stück bis Kempten würde ich an ihrer Stelle über Land fahren, da sind keine Sperren. Jedenfalls bisher noch nicht. In Höhe Kempten ist die Autobahn komplett zu, da lässt sie keiner mehr durch. Woher kommen sie eigentlich jetzt, wenn ich fragen darf?"

Karl war sofort mit einer Notlüge zur Rettung der Situation parat.

„Aus der Nähe von Senden."

„Da haben sie aber Glück gehabt. Hinter Senden ist auch eine Sperre und es werden jetzt überall die Autobahnen gesperrt."

„Warum tut man das?" fragte Karl.

„Nun, zum Schutz der Bevölkerung. So hat man es uns wenigstens gesagt. Der Befehl kam von „ganz oben". Da fragt man nicht, sondern handelt. So sind wir Polizisten es gewohnt."

Karl nickte. Dieser freundliche, ältere Polizist zeigte aber doch Herz, indem er sie jetzt fahren ließ.

Karl winkte ihm noch zu und fuhr durch die kleine Schneise weiter Richtung Kempten.

Im Rückspiegel sah er, dass der Polizist mit seinem Kollegen sprach. Wahrscheinlich erklärte er ihm die Situation.

Die nächste Abfahrt Dietmannsried war bald erreicht.

Karl schaute auf seine Tankanzeige.

„Wir haben noch für gut 50 km Sprit. Reicht das wohl bis zu deinem Daddy?"

Alan schaute ihn an.

„Ich ruf ihn an und schick ne SMS und sag wo wir sind und das er sich keine Sorgen machen soll."

Dann begann er die SMS in sein Handy zu tippen.

Sie ließ sich aber nicht versenden. Es war kein Netz vorhanden.

„Hoffentlich bekommen wir bald ein Netz, sondern hab ich ein Problem," sagte Alan und schaute Karl etwas besorgt an.

„Du kannst die Leselampe benutzen und damit dein Handy kontrollieren. Sobald ein Netz aufgebaut ist, versuchst du die SMS noch einmal zu versenden."

„Gute Idee, probier ich aus," sprach er voller Freude.

Karl hatte die Autobahn verlassen und war jetzt Richtung Leubas unterwegs.

„Gut, dass ich mich in Kempten einigermaßen auskenne, da brauch ich nicht durch die Stadt fahren. Ich fahr hintenrum."

„Ich hab ein Netz!" rief Alan plötzlich.

„Dann jag deine SMS schnell raus."

„Worauf du dich verlassen kannst." sagte er.

„Bingo!" jubelte er.

„Mal sehen, wann dein Vater antwortet."

Es dauerte keine 5 Minuten und Alan bekam eine SMS zurückgeschickt.

„Wir sollen zum Bahnhof nach Sonthofen kommen. Dort holt er mich ab. Von da aus wäre der Weg zu schwierig zu beschreiben. Schaffst du das bis Sonthofen?"

„Bis dahin schon, aber wie soll ich dann zurückkommen?"
„Kein Problem, ich rede mit meinem Dad. Du kannst bestimmt auch da bleiben. Deinen Wagen werden wir schon irgendwo unterstellen können, denke ich."

Karl zuckte mit den Schultern und fuhr weiter.

Etwa 45 Minuten später hatten sie nach anstrengender Fahrt den Bahnhof in Sonthofen erreicht. Niemand war zu sehen.

Karl hielt mitten auf dem Platz.

Vor ihm blinkte ein Wagen auf.

Der Fahrer stieg aus und trat auf den Wagen zu.

Alan, der seinen Vater erkannt hatte, sprang aus dem Hanomag und lief auf seinen Vater zu.

„Endlich, Papa, schön dich zu sehen," rief er und sprang auf seinen Vater zu und schlang seine Arme um seinen Hals.

„Hallo mein Schatz," sagte Wulf und hatte Tränen der Freude in den Augen, während er seinen Sohn fest an sich drückte.

Während dieser ausgiebigen Umarmung war auch Karl ausgestiegen und ging auf die beiden zu.

Er ließ sie in aller Ruhe ihre Wiedersehensfreude genießen und erst als sie sich voneinander gelöst hatten, hielt er Wulf die Hand ausgestreckt entgegen.
„Ich bin Karl, grüß dich Wulf," sagte er.

„Dein Sohn hat mir schon viel von dir erzählt."

Wulf nahm die Hand dankbar entgegen und schüttelte sie kräftig.

Dann umarmte er auch diesen Mann, der seinen Sohn gerettet und hergebracht hatte.

„Danke für die Rettung meines Sohnes," sagte er mit weiteren Rührungstränen in den Augen.

„Hab ich gerne gemacht. Allein wenn man die Wiedersehensfreude von euch beiden sieht, weiß man, wie schön das Leben doch sein kann."

„Papa, kann Karl mitkommen? Sein Sprit ist fast alle."

Alan schaute dabei seinen Vater an.

„Ist doch selbstverständlich. Hast du noch etwas Sprit drin?"

„Ich bin schon auf Reserve, vielleicht noch 10 oder 20 km," meinte Karl.

„Du kannst deinen Wagen hierlassen und mit uns fahren oder wir riskieren es. Wir müssen noch 13 km fahren."

„Ich probier es und fahre hinter euch her."

„Alles paletti. Folge mir einfach."
Karl nickte und bestieg seinen treuen alten Hanomag. Ihn wollte er nicht da lassen, sofern es eben möglich war.

Als sie die Serpentinen erreicht hatten, keuchte der brave Lastesel zwar erheblich, aber irgendwie kam er doch den Weg zu Elses Haus hinauf.

Dort, in der riesigen Scheune, war auch noch Platz für den Hanomag und Karl folgte Alan und Wulf freudestrahlend ins Haus. Vorher hatte er aber noch seinen Spezial-Koffer mitgenommen. Dort waren nur die edelsten und erlesensten Edelsteine vorhanden und die wollte er als Geschenk präsentieren.

15. Die Flutwelle kommt:

Es gab ein herzliches Willkommen heißen, denn mit Ausnahme von Vicky kannten alle anderen Alan nur vom Hörensagen oder diversen Fotos. Karl wurde genau herzlich begrüßt und in die kleine Gemeinschaft aufgenommen.

„Habt ihr mittlerweile wieder Radioempfang?" fragte Karl in die Runde.

„Sporadisch, wieso?" fragte Else.

Karl erzählte, was ihm der Polizist gesagt hatte.

Daraufhin erzählte man, was im Fernsehen, im Radio und teilweise im Internet aufgeschnappt worden war.

„Dann kommt tatsächlich eine Sturmflut auf Hamburg zu. Das wird heftig!"

Bläuken war darüber entsetzt.

Wulf meinte, jetzt wäre es wichtig, dass alle beteten für Mensch, Tier, Natur und Mutter Erde.

Alle nickten und versenkten sich ins Gebet.

Nach Beendigung des Gebetes ging Else auf den Fernseher zu und schaltete ihn an

Erst rauschte es auf dem Nachrichtenkanal und hin und wieder erschien ein Bild, doch dann war für eine geraume Zeit eine akzeptable Übertragung möglich.
„…ist ein Ausmaß, das kein Wissenschaftler vorhersagen konnte. Die Auswertung der Satellitenbilder zeigen, dass sich ein riesiger Eisblock, der nach ersten Schätzungen etwa die Größe von Luxemburg hat, vom arktischen Eis gelöst und ins Meer gestürzt ist und eine gigantische Wasserverdrängung im Nordpolarmeer

ausgelöst hat. An den Küsten türmten sich diese Wassermengen zu riesigen Tsunamis auf und ein Großteil von Großbritannien steht unter Wasser, nur die höher gelegenen Regionen Schottlands, die so genannten Highlands, wurden verschont.

Hamburg und die gesamte deutsche Nordseeküste bis hinauf nach Skandinavien sind mittlerweile zum Katastrophengebiet erklärt worden. Die ganzen Anrainerstaaten haben die Notstandsgesetze ausgerufen. Die Niederlande stehen komplett unter Wasser und auch Belgien und Luxemburg, sowie große Teile Frankreichs und Portugals sind ebenfalls betroffen.

Auch die kanarischen Inseln sind schwer verwüstet worden und melden den Notstand.

Doch am dramatischsten hat es wohl die amerikanische Ostküste getroffen. Manhattan steht noch höher als Hamburg unter Wasser und die vorgelagerten Inseln des Golf von Mexiko wie z.B. Kuba sind genauso schwer getroffen, wie die europäische Küste.

Man spricht schon jetzt von einer Katastrophe biblischen Ausmaßes. Millionen Menschen sind auf der Flucht und die …"

Dann brach der Empfang ab.

Die Gruppe schaute sich an. Das so etwas passieren würde, war kaum vorstellbar.

Peter, der schon immer von überlieferten Kataklysmen fasziniert war, war plötzlich verstummt.

„Hammermäßig!" stammelte Tony.

„Das ist ja wohl fehl am Platz," rügte ihn Else scharf.

In dem Moment strahlte alles in gleißendem Licht in dem Raum und der Engel erschien wieder.

„Gott zum Gruße, ihr Lieben! Euer Vertrauen und unsere Lotsenarbeit haben euch alle glücklich zusammengebracht. Wir möchten euch einen Überblick geben. Vorweg jedoch: Habt keine Angst! Alles ist gut!

In der Tat ist der große Sturm, den ihr Tsunami nennt, schon über Hamburg hinweggegangen. Zu dieser Zeit steht Hamburg fast sieben Meter hoch unter Wasser. Es ist in den Augen der Menschen eine schreckliche Tragödie, doch wisset, die Menschen, die reinen Herzens sind und Gottvertrauen haben, werden und wurden gerettet. Teilweise durch Engel, die sich in Menschengestalt in der Stadt aufhielten, teilweise durch außerirdische Freunde, die immer wieder in Notsituationen die Menschen retten, die an den Vater glauben und rein im Herzen sind. Auch Holland ist komplett überflutet. Dort trifft das alte Gesetz zu, dass auch schon die hochnäsigen Babylonier mit ihrem Turm zu Fall brachten. Sie behaupteten, ihre Wälle von elf Meter Höhe würden jedem Orkan, Hurrikan und jeder Sturmflut trotzen. Nun, ihr seht, Hochmut kommt vor dem Fall. Aber die Welle fließt weiter. Wir möchten euch sagen, dass die Wasser über die Flüsse bis zum Fuße der Schwäbischen Alb getragen werden. Diese Überschwemmung werden eure Medien als Katastrophe biblischen Ausmaßes bezeichnen. Trotzdem möchte ich noch einmal sagen: Alle Menschen die im Vertrauen an den Vater sind, werden evakuiert oder gerettet werden. Amen! Dies sagt euch euer Botschafter der Wahrheit und des Friedens. Amen! Amen! Amen!"

Dann löste er sich wieder auf und ließ alle mit erstaunten Blicken zurück.

Alle waren erst einmal total erstaunt und das eben gehörte musste erst noch von allen verarbeitet werden.

Alan fing sich als erster und sagte:" Hoffentlich geht es Mama gut. Ich kann sie über Handy nicht erreichen. Frag doch bitte mal nach, Papa."

Wulf nickte und ging in die Meditation.

Wenige Minuten später öffnete er die Augen und lächelte.

„Sie ist in Sicherheit. Die außerirdischen Freunde haben sie evakuiert. Sie war fest im Glauben und Vertrauen zum lieben Gott und sie wurde wie viele andere gerettet. Sie weiß auch, dass du gut bei uns angekommen bist."

Man konnte den Stein, der Alan vom Herzen fiel, förmlich plumpsen hören.

Plötzlich flackerte das Licht, es knisterte und der gesamte Strom fiel aus. Nichts ging mehr.

Wulf holte seine Taschenlampe heraus und sagte knochentrocken zu Freak:

„Jetzt können wir mal sehen, ob deine 220 Volt Solartechnik auch funktionuckelt."

Alle lachten. Wulf war verstanden worden.

Freak ging nach draußen und legte ein Verlängerungskabel nach innen.

„Fürs aller Notwendigste dürfte es reichen. Ich hab den Akkumulator so konzipiert, dass der Strom schon relativ schnell fließt. Eine kurze Zeit müsst ihr aber noch Geduld haben."

Else holte schnell mehrere große weiße Stumpenkerzen hervor und das Licht der Kerzen erhellte den Raum. So konnten sie die Akkus ihrer Taschenlampen sparen.

Wulf schlug vor, den Weltempfänger laufen zu lassen, da waren die Akkus noch voll.

Den einzigen Sender, den sie empfingen, war in englischer Sprache. Sie erfuhren, dass ein Großteil von London unter Wasser steht. Jetzt sprach ein Sprecher davon, dass der gesamte Börsenhandel weltweit eingestellt wurde, nachdem die Kurse ins Bodenlose rutschten.

Peter schnappte sich den Weltempfänger.

„Da muss doch auch ein deutscher Sender zu finden sein. Das Kauderwelsch kann man ja kaum verstehen."

Er ging nach draußen, bekam aber keinen guten Empfang.

Else meldete sich plötzlich.

„Ich hab´s! In meinem Garten steht doch das Strohballen Rundhaus auf einer Leyline. Da müsste man doch Empfang haben."

Peter erklärte im Hinausgehen, was ein Strohballen Rundhaus ist und Wulf fügte hinzu, was Leylines sind, nämlich die Kraftlinien der Erde.

Sie traten ein und waren überwältigt. Trotz der Kälte draußen, war es hier drin schön gemütlich warm und das ohne Ofen!

Peter stand jetzt genau auf der Leyline, wie ihm Else mitgeteilt hatte. Tatsächlich! Ein freier deutscher Radiosender konnte empfangen werden. Der sächsische Dialekt war deutlich heraus zu hören. Die Lage in Mitteldeutschland war nicht so schwer betroffen wie in Nord- und Westdeutschland, aber trotzdem schwer genug, um erheblichen Schaden zu verursachen, welcher das Elbhochwasser vor einigen Jahren bei weitem in den Schatten stellte.

Es kam ein neuer Bericht im Radio. Diesmal sprach der Sprecher in hochdeutsch:

„Meine Damen und Herren, trotz der prekären Lage möchten wir sie bitten, die Ruhe zu bewahren und nicht durchzudrehen. Der Katastrophenstab in Berlin teilte soeben mit, dass alle verfügbaren Rettungskräfte, Hilfsorganisationen, das gesamte verfügbare Militär und Bürgerwehren im Einsatz sind und größtmögliche Hilfe leisten. Warten sie bitte weitere Durchsagen ab. Das öffentliche Leben wird so bald wie möglich wieder hergestellt."

Andrasz meldete sich zu Wort:

„Leute, hört mal zu. So, wie das aussieht, ist es wirklich langsam bald zappenduster. Ich meine, hier oben sind wir zwar recht sicher, aber Plünderer könnten trotzdem hier rauskommen, oder?"

Tony grinste ihn an.

„Bleib locker, Alter. Halt mal deine Nerven schön geschmeidig. Hier ist nicht Holland in Not. Wir sind total sicher hier. Notfalls können wir uns in unsere coole Höhle verdrücken, haste kapiert, Alter?"

Dann grinste er.

Peter antwortete spontan: „Cool ist sie wirklich im wahrsten Sinne des Wortes."

Die meisten lachten, bis auf Bläuken.
Peter verriet ihr kurz, das „cool" in Deutsch „Kühl" bedeutet. Jetzt schmunzelte sie auch.

„Haben nicht alle Englisch in der Schule gehabt, wie ihr."

„Leute, wie sieht´s aus, Spachtelinchen , oder was?" sagte Tony und rieb sich den Bauch.

„Ich hab auch Hunger," sagte Vicky, die solche Ausdrücke des Jugendslangs nur zu gut von Wulf kannte.

Die Frauen gingen wieder ins Haus und in die Küche, um das Essen vorzubereiten und die Männer beratschlagten noch im Rundhaus, wie es weiter gehen sollte.

Tony zwinkerte Peter zu.

„Das dauert doch bestimmt 15-20 Minuten bis die Mädels fertig sind, oder?"

„Denke schon," sagte dieser.

„Ok, Andrasz sagt den Mädels Bescheid und schickt „Sie" heraus und wir gehen alle zur Höhle. Bis zum Essen sind wir wieder da, denke ich."

Andrasz war froh, dass er nicht mitmusste, denn der Weg war für sein Alter schon recht beschwerlich.

„Sie", Alan, Freak und Karl hatten genau wie Peter die Höhle ja noch nicht zu Gesicht bekommen.

Ausgerüstet mit mehreren Taschenlampen schritten Tony und Wulf voraus und sie folgten im alle im Gänsefüßchenmarsch.

Nach einigen Minuten war der Eingang zur Höhle erreicht und man entfernte die Tarnung.

Tony sprang als erster hinab, gefolgt von Wulf. Sie leuchteten alles ab und gaben dann grünes Licht. „Sie" und Peter waren total begeistert von den Ausmaßen der großen Höhle.

Peters Forscherdrang kam durch und er wollte sofort auf Entdeckungstour gehen, doch „Sie" hielt ihn zurück.

„Das ist viel zu gefährlich, um auf eigene Faust loszuziehen," sagte sie und zitterte leicht.

„Oh wie romantisch," frotzelte Tony.

„Hier wird nicht gegoschelt, benehmt euch," sagte Wulf scharf.

Da er von ihnen zum Leiter bestimmt worden war, hörten sie auch auf ihn und wurden wieder ruhig.

„Also, hört mal," sagte Wulf.
„Hier in der Höhle leben Naturwesen, genauer viele Zwerge. Mit denen haben wir Kontakt. Wir werden sie rufen, wenn wir wieder alle hier sind. Doch jetzt sollten wir zurück, dass Essen ist bestimmt schon fertig."

Ein einvernehmendes Nicken erfolgte.

Tony und Wulf sprangen zuerst aus der Höhle und halfen den Anderen hinaus. Pünktlich zum Abendessen waren sie wieder in Elses Haus.

Es war reichlich aufgetischt worden. Neben dem selbstgebackenen Brot, gab es hausgemachte Marmelade, frische Butter, selbstgezogene Samen und Sprossen, diverse Äpfel und Beerenfrüchte, frischen Salat, sowie frisches Quellwasser und frisch gepressten Apfelsaft. Diese luden zu einem delikaten Schmausen trotz widriger Umstände ein.

Wulf sprach ein kurzes Abendgebet: „Komm Herr Jesus sei unser Gast und segne, was du uns bescheret hast,
Amen, Amen, Amen!"

Trotz des großen Hungers, den sie alle hatten, bemühten sie sich doch, langsam zu essen und sorgfältig zu kauen und jeden Bissen intensiv einzuspeicheln.

Nachdem das Essen beendet war und die Überreste abgeräumt waren, beschlossen sie, die neuesten Nachrichten im Radio zu verfolgen.

Else drückte auf den Startknopf des Weltempfängers. Sie bekamen einen bayrischen Lokalsender rein.
„…hören wir, dass das Allgäu noch nicht vom Hochwasser betroffen ist. So wie es aussieht, ist die natürliche Grenze die schwäbische Alb."

„Siehst du, wie der Engel es sagte," platzte Andrasz dazwischen.

„Pssscht!" rief Else.

Andrasz verstummte.

„…ist damit zu rechnen, dass Plünderer trotz des Ausgangsverbotes die Situation nutzen werden und sich verbotenerweise zu bereichen."

Plötzlich wackelte das Bücherregal und die Gläser fingen leicht an zu klirren.

„Was war denn das?" fragte Freak und schüttelte den Kopf.

„Etwa ein Erdbeben?"

„Kann sein, jedenfalls nur ein geringes."

117

„Also, wenn wir wirklich ein Erdbeben kriegen, sind wir nur in der Höhle sicher. Hier hätten wir vermutlich die Arschkarte gezogen," brummte Karl.

„Eine Ausdrucksweise hast du," beschwerte sich Bläuken.

„Aber trotzdem recht. Ich sehe das auch so. Wenn es schlimmer wird, sollten wir in die Höhle gehen. Den Weltempfänger nehmen wir selbstverständlich mit."

„Gut, der Akku ist noch fast voll, ich versuch ne Runde zu surfen, vielleicht finde ich was auf meinen Spezialseiten," grinste Peter und ging ins Arbeitszimmer. „Sie" folgte ihm wortlos.

„Suuuuper!" rief Peter plötzlich!

„Ich bin drin! Das Netz funktioniert noch. Ich speichere schnell die ganzen Seiten, dann können wir später offline lesen."

„Alles Roger in Kambodscha," lächelte Wulf und zwinkerte ihm zu.

„Peter macht das schon. Der kennt Seiten, von denen ich noch nie gehört habe. Wartet es nur ab.

"Du Papa, ich muss mal pinkeln," sagte Alan.

Tony, der Frischluftfanatiker, grinste ihn an.

„Sag mal, Junior, hast du noch nie was von Bäumen gehört?"

Wulf nahm Alan wortlos am Ärmel und ging mit ihm hinaus. Allein war es doch etwas heikel draußen.

Else meldete sich zu Wort: „Also, das normale Klo funktioniert nicht mehr so, aber ich habe noch ein Plumpsklo im Garten. Wer sich nicht zu fein ist, kann da auch seine großen Geschäfte erledigen."

„Gut, das in der Höhle genug Frischwasser ist und wir schon viele Nahrungsvorräte hochgebracht haben."

Else ging plötzlich lächelnd ins Arbeitszimmer und sagte zu Peter: „Hier, mein Gutster, heute ist Weihnachten und Ostern für dich an einem Tag," und hielt ihm ein zweites Akku hin.

„Ist auch noch vollgeladen," sagte sie.

Peter sprang auf und drückte sie herzlich.
„Du bist doch immer für eine Überraschung gut," sagte er voller Freude.

„Ich denke, in einer halben Stunde hab ich die wichtigsten Daten gesichert und runtergeladen."

Es rumpelte wieder und ein Grollen war zu hören, das klang, als käme es aus der Tiefe. Peter war froh, instinktiv den Laptop auf dem Schoß zu haben. Wulf bat alle, außer Peter, zu ihm zu kommen.

„Wir müssen jetzt Familienrat halten. Dieses Beben war schon heftiger. Ich hab gerade eine Eingebung gehabt, wir sollten in die Höhle gehen."

Else wurde weiß im Gesicht.

„Das ist nur eine Vorsichtsmassnahme," sagte Wulf beschwichtigend.

„Sobald Peter fertig ist, gehen wir. Packt schon mal alles ein."

„Nur noch einige Minuten, ich sichere nur das Wichtigste," rief Peter aus dem Arbeitszimmer.

„Viele Seiten sind sowieso nicht mehr online. Aber mein Lieblingsforum doch noch."

Zehn Minuten später waren alle marschbereit. Else schloss noch die Haustür ab und dann sprach Wulf noch einen Segensschutz für das Haus und das Grundstück mit allem was darauf steht: „Der Schutz des VATERS durchflutet jetzt dieses Haus und Grundstück innerlich und äußerlich und schützt und hüllt alles ein. So ist es und so sei es. Amen! Amen! Amen!" Dann marschierten sie los Richtung Höhle…

16. In der Höhle:

Sie hatten sich relativ schnell an die Dunkelheit der Höhle gewöhnt. Die Kerzen, die sie mit hatten, erleichterten ihnen das Sehen. Schnell waren die Schlafplätze provisorisch aufgebaut. Es war von Vorteil, dass Karl, Freak und Alan ihre Schlafsäcke dabei hatten und auch noch Stroh zur Verfügung stand.

Ein Feuer wurde entfacht und alle setzten sich in die Runde bis auf Tony, der die erste Wache freiwillig machte.

Peter war jetzt der Mittelpunkt des Geschehens. Er hatte den Laptop auf seinem Schoß und las vor, was er auf die Schnelle runtergeladen bzw. gespeichert hatte. „Sie" war recht stolz auf seine Computerkenntnisse und schmiegte sich liebevoll an ihn.

„Ich beginne jetzt," sagte er schmunzelnd.

„Also, da steht doch glatt in einem Verschwörungsforum, wo ich vorher noch nie war, dessen Adresse ich aber per Link in meinem anderem Forum gefunden hatte, der Eisberg ist deshalb abgefallen, weil er künstlich abgeschmolzen war, durch diese Drecks Chemtrails."

Wulf mischte sich ein: "Wie in dem Video von Freak!"

„Welches Video?" fragte Peter.

„Naja, Freak hat eine DVD mitgebracht, wo diese These sehr deutlich untermauert wird."

„Ok, interessant" sagte Peter.

„Können wir später drüber reden. Ich les erstmal weiter. Also, die schreiben, das war Absicht der Möchtegern-Elite, ihr wisst schon wen ich meine, damit hier Chaos auf Erden entsteht, welches sie später zu ihrem Vorteil nutzen können. Des Weiteren hab ich auf einer anderen Seite was Hammermäßiges gefunden. Haltet euch fest! Jetzt kommt´s!

Die Kreditkarten, Chipkarten, sämtliche Giralgelder, also das Buchgeld auf dem Konto z.b. werden nicht mehr als Zahlungsmittel akzeptiert. Sämtliche Gelder, Konten und Börsenkurse wurden bis auf unbestimmte Zeit eingefroren und sind für niemanden mehr zugänglich. Wulf würde jetzt wahrscheinlich sagen: Nur Bares ist Wahres," und grinste ihn dabei an.

Wulf nickte und lächelte.

„Aber jetzt kommt der absolute Oberhammer: Ich verfolge schon seit geraumer Zeit die Gold- und Silberpreise und las doch vorhin von so einem Hoschi, dass die ihre Gültigkeit behalten. Im Gegenteil, die Kurse sind höher denn je. Das heißt im Klartext, es ist jetzt ein Tauschgut, Wertaufbewahrungsmittel und ein Maßstab für Handelsgüter. Also, wer von euch noch Gold und Silber Penunzen hat, aufheben.
Und was noch cooler ist: unser Euro wird nur noch als Bargeld akzeptiert. Wer also noch einen Laden findet, der Waren jeglicher Art abgibt, kann also mit dieser Zwangswährung zahlen."

„Wie Zwangswährung?" fragt Alan.

„Du kannst das noch nicht wissen, Alan, du bist noch zu jung dafür. Der Euro wurde von denen als Übergang zur späteren Weltwährung eingerichtet, obwohl alle europäischen Länder verschiedene Wirtschaftsräume darstellen und nicht eine Einheitswährung vertragen und auch ohne Einverständnis der Bevölkerungen. Das heißt, der Euro wird ohnehin nur begrenzt haltbar sein und das war von Anfang an klar."

Wulf schaute danach seinen Sohn an. Er schien es zwar verstanden zu haben, aber es war ihm scheinbar doch zu viel an Input.

Wulf meldete sich zu Wort:
„Bevor du weiter liest, Peter, möchte ich noch etwas Wichtiges sagen, was mir schon lange auf der Seele liegt. Es nützt herzlich wenig, in einem Reformhaus oder Bioladen gesunde Nahrungsmittel zu kaufen, wenn die Kasse einen Strichcodescanner hat und die gute Energie dadurch kaputt gemacht wird."

„Das musst du mir aber mal genauer erklären. Heißt das, ich kann genauso gut bei diesen großen Billigläden einkaufen?" fragte Andrasz.

„So ist es, mein Freund. Energetisch gesehen schon. Ich erkläre dir mal, wie ein Scanner funktioniert und was er mit der Ware macht beim Scannen. Also: die Zahlen zwischen den drei langen Balken bedeuten für den Scanner, das er weiß, welches Produkt es ist und wie viel der Preis beträgt. Die drei langen Balken aber, also der vordere, der mittlere und der hintere, unter denen keine Zahlen stehen, bedeuten jedes Mal die Zahl 6, ich möchte es nicht aussprechen wegen der schlechten Schwingung. Sie ist die Zahl des Tieres. Nachzulesen in der Bibel in der Johannes Offenbarung. Dort steht, dass nur der einkaufen und verkaufen kann, der die Zahl des Tieres trägt."

„Und wie ist das genau gemeint?" fragte Bläuken.

„Nun, ganz einfach. In der Bibel steht, dass in der Endzeit jeder den Strichcode auf die Stirn oder den Handrücken bekommen soll und so die Menschen zum einen kontrollierbar und zum anderen abhängig gemacht werden können."

„Kann man denn nichts dagegen tun?" fragte Andrasz.

„Doch sicherlich. Die beste Möglichkeit ist natürlich, autark zu leben, das heißt unabhängig von jemand zu sein. Dabei musst du dann aber auch auf Luxus verzichten. Rein im Einklang mit Mutter Erde leben. Die andere Möglichkeit ist, die Menschen aufzuklären, dass sie sich zusammenschließen, um es zu verhindern. Und die dritte Möglichkeit ist eine ganz logische und auch einfache Methode, die ich beherrsche und eigentlich jeder lernen kann. Den Strichcode, der einem z.B. über Spritzen und Impfungen injiziert werden kann, lässt sich auch genauso leicht entfernen. Ihr müsst euch vorstellen, dass der Chipcode, der den Menschen gespritzt wird, aus organischem Material ist. Verbinden sich diese Menschen, die betroffen sind im Gebet vertrauensvoll mit dem himmlischen Vater, und bitten um göttliche Gerechtigkeit und Löschung des Codes, so wird dieses in der Regel auch getan. Ich habe es selber bei Patienten erlebt, wo ich dieses Gebet stellvertretend gesprochen habe."

„So einfach ist das?" fragte „Sie".

„Im Prinzip schon, nur muss es aus dem tiefsten Herzen in Verbindung mit Gott geschehen."

„Was ist denn genau mit dem Durchstreichen des Strichcodes auf Waren oder anderen Dingen?" fragte Freak.

„Ich weiß von dir Wulf, dass du es wie ein Ritual immer zelebrierst."

Wulf nickte.

„Ja, so ist es. Wenn ihr beispielsweise einen Kuli oder Filzschreiber nehmt oder notfalls geht es auch mit dem Fingernagel und von links nach rechts über den Strichcode fahrt und folgendes sagt: Licht und Liebe oder Dieses Teil sei jetzt entstört oder ich segne, entstöre und reinige dich jetzt im Namen des Vaters, des Sohnes und des Heiligen Geistes oder ihr sagt: JESUS CHRISTUS IST SIEGER– löscht ihr die negative Schwingung, die der Scanner hineingegeben hat."

Vicky meldete sich zu Wort:

„Wulf und ich machen es wirklich bei allen Dingen, die wir im Haus haben. Selbst sein geliebter Computer wurde aufgeschraubt und innen alle Strichcode vorsichtig mit dem Fingernadel entstört. Auch wird bei uns jedes Essen und jedes Getränk liebevoll gesegnet, so dass nichts Negatives in unsere Körper gelangen kann. Das ist vielleicht auch einer der Gründe, warum wir schon über 15 Jahre bei keinem Arzt waren."

„Auch Zahnarzt?" fragte „Sie" überrascht.

„Auch der," sagte Vicky.

„Wulf war das letzte Mal 1987 beim Zahnarzt."

Tony rief von hinten hervor: „Im Notfall nehme ich die Kombizange," und lachte.

Peter fuhr fort zu erklären: „Auch Edelsteine und Halbedelsteine gereinigt und ins Wasser gelegt, helfen mit bei der Heilung und als Schutz z.B. am Körper getragen."

Etwa eine Stunde erklärten Peter und Wulf noch das Eine oder Andere, dann geschah ein weiteres Beben, aber diesmal deutlich heftiger. Es rieselte aber nur ganz leicht von der Decke an einigen Stellen.

„Puuh, gut das wir in der Höhle sind," sagte Bläuken und schnaufte.

„Ich bekomme gerade eine Mitteilung, dass die Zwerge im Anmarsch sind."

Während Wulf das sagte, waren sie schon da.

Eine ganze Horde von Zwergen kam anmarschiert. Einige konnten sie sehen, die Neulinge noch nicht.

Wulf übersetzte das Gesagte in die menschliche Sprache.

„Gott zum Gruß, liebe Freunde," wurden sie herzlich begrüßt.

„Vorab möchten wir euch sagen, dass diese Höhle hier erdbebensicher ist. Auch halten wir heute Nacht Wache, damit ihr in Ruhe schlafen könnt."

Nachdem Wulf es mitgeteilt hatte, klatschten einige Beifall vor Freude und Erleichterung! Sie hatten noch viele interessante Dinge zu besprechen, und gingen dann zeitig schlafen. Jeder suchte sich sein Nachtlager und sie schliefen bald ein. Peter und „Sic" kuschelten mit ihren Schlafsäcken dicht nebeneinander.

Mitten in der Nacht musste Else mal für „kleine Mädchen" und schaute dabei aus dem Höhlenloch am Ausgang Richtung Himmel, bevor sie hinaus klettern wollte. Und da sah sie es! Ein riesiges UFO!
Sie drehte sich um und beschloss alle zu wecken…

ENDE ?!